# 돌의 노래

정말로 돌이 노래를 할까
돌이 입을 벌려 웃고 노래하면 누가 들어 주려나

그냥 상징이겠지!

세상엔 별 관심 거리도 많다

# 제주도의 여러 돌을 찾아서

옛날부터 제주도는 '삼다의 섬'이라고 하여 돌과 바람과 여자가 많다고 했는데 언제부터인가 남자가 여자보다 많아지고 바람도 예전보다 강하지도 않고 별로 많이 부는 편도 아니라고 합니다.

그렇지만 아직 돌만은 여전히 많다고 할 수 있다지요. 그 많던 돌마저도 이젠 점점 줄어드는 추세이고, 특히 아주 특별하고도 귀한 돌은 이미 자취를 감추었다고 하기에 다른 여러 종류의 돌들도 머지않아 사라질 것 같다네요.

그래서 제주도의 돌에 대한 글을 써 보고 싶은 마음이 들었기에 사진을 겸한 단시조 책자인 『돌에게 배운다』 출간(2023. 6. 20.)에 이어서 정식으로 심층적인 영상을 담아 표현한 돌 시집을 발간하게 되었답니다.

바위나 돌이란 놓여 있는 위치나 보는 방향에 따라서 달리 보이고 같은 돌을 놓고도 사람마다 그 느낌이 다르다고 하지요. 봄 여름 가을 겨울의 계절이란 시기에 따라서도 '그 돌이 그 돌'이 아님을 알게 한다고 합니다.

'돌과 관련한 책'이라고 해서 학문적인 접근도 아니고 자연 과학적인 연구도 아니기에 조금은 풍자가 섞여 있는, 그냥 편하게 읽어 볼 수 있는 시를 모아서 수록한 만큼 단순한 돌의 시선으로 바라보아 주시면 하는 마음입니다.

감사합니다.

2025년 봄을 맞이하며
유유

# |목 차|

# 제1장
# 인물석

# 갯바위 된 해녀

이젠 바다가 정말 싫어
그동안 평생을 바다에 의존해 살아왔는데
갑자기 돌아서 버리다니

바다가 있었기에 먹고 살았고
자식들 육지로 나가서 공부시킬 수 있었는데
왜 마음이 변했단 말인가

아직도 전복 소라 살아 있는데
바다를 등지니
그 자리에서 그만 돌이 되어버리는구나!

# 그냥 웃자

그렇게 웃고 싶은데
웃을 일 별로 없네
웃음은 공짜인데 공짜를 못 즐기다니
건강을 위해서라도
등신처럼 웃어보자

웃는 자 가벼워 보여도
챙기는 건 허허실실
상대방 무장 해제 가장 큰 공격 수단
전투에 대비하려면
웃는 연습 최고로다.

# 다녀오겠습니다

그래, 잘 다녀와라

집 나서면 고생길 시작이란다

험난한 세상 살아가려면 무엇보다도 정신 자세가 중요하다

가는 길 순탄치 못하면 물러설 줄 알고

양보와 나눔이 자신을 유익하게 하는 것이며

늘 여분을 남겨 둘 줄 알아라

사람은 겪어 보아야 곧 깨닫게 된다고 하니

괴로움과 즐거움을 고루 겪으면서 참된 경험을 쌓고

시간을 헛되이 보내지 않으면서

중용을 지키고 미래를 위해 살도록 힘쓰길 바란다

부모 걱정은 하지 말고

언제나 건강한 몸을 유지하도록 해라!

# 다녀오리다

잘 다녀오세요
과거 시험 보러 가는 것도 아니고
독립운동하러 길 떠나는 것 또한 아닐 터이지만
뜻하신 것 이루시길 빕니다

무사히 다녀오세요
무엇이 당신의 방랑벽을 깨웠는지는 모르지만
가는 곳 어디인지 몹시도 궁금하건만
아무 말 않고 전송해 드리오니
편안한 여정 되시길 바랍니다

건강하게 돌아오세요!

# 달관의 미소

꼭 말을 해 줘야 알 것인가
설마 삼라만상의 이치를 담은 표정도 모를까
좌절과 시련 속에서 살다 보니
보이는 모든 얼굴을 모두 가면이라고 생각하는구나

때론 큰소리로 웃어주기도 하고 싶다만
오해도 있을 것 같아
소리 없는 미소를 보내 보는데
초점 없는 눈빛만 허공을 맴돌아 답답하도다

들리지 않는 목소리에 귀 기울여 보고
냄새 없는 진리의 향기에도 코를 대보고
내면에 흐르는 실체의 맛을 알게 되면
저절로 달관의 미소가 흘러나오게 된다더라.

## 돌의 노래

허공에 떨림을 만들어
멀리 아주 멀리 보내 보는 고독의 심정
누구를 부르는가
진심 어린 표정까지 미소 속에 넣어
목소리 내 본다

돌은 언제나 침묵
무게를 잡아야 하는 상징이라고 꼭 그래야 할까나
답답해 미칠 노릇
그래서 또 그래서 터져 나온다
들어 보라

알 듯 모를 듯한 가사와 곡조
귀로 들으려 하지 말고
가슴으로 들어야 한다고 전해 내려온다지만
듣기 어렵도다.

# 두 얼굴

전설에도 있고 소설도 있고 영화에서도 있었다
그렇다면 진짜도 있다는 이야기

오늘 마주친 사람이 그 사람일지도 모르는데
허 참
누구나 모르고 지나치게 된다

사람은 모두 두 얼굴을 가졌을 가능성이 있는 것
앞모습과 뒷모습이 다르듯이!

# 무념무상

낚시찌를 하염없이 바라보는 긴 시간
다듬이질에 방망이 내리치는 찰나
스마트 폰에 눈 빠트리고 코도 박고 숨까지 바친 영혼
무념무상이란 아무것도 아닌 일

뭇국 끓일 때 넣는 양념과 무채에 상추 더하면
그것이 곧 무념무상
고상함도 천박함도 한낮 단어에 불과하거늘
화두를 잡으려는 공허함

내 마음속에 나를 비웠더니만 남이 내 안에 들어오고
가슴을 텅 비우니 위장에 음식만 채워지고
더 배울 것이 없다며 하산했다가 다시 돌아와 참선 시작
차라리 유행하는 멍때리기나 할까나!

# 밝은 눈

대낮에도 등불이 필요했다는데
야밤에 색안경 낀 사람들

진정 볼 수 없는가
보기 싫은가

전깃불과 발광기술의 대단한 발전
안과 의술의 혁신
전자현미경까지 나왔어도

혜안은 점점 더 사라지고 있다.

## 변한 인사

안녕하세요!
언제나 정중히 인사하면서 반갑게 맞이해야 하건만
너무 공손하면 이상한 세상

대한민국은 동방예의지국이라고 했기에
예절 안부가 당연한데
요즘엔 어른들 만나면 고개 숙여 인사하는 사람 없다

손님 호주머니 돈을 빼내고 싶은 식당과 상점
한 표 구걸이 필요한 선거철
우리 사회는 언제부터인가 인사의 성격이 바뀌었다나

조상님
용서하세요
세상이 그러하니 그렇게 살아야 하나 봅니다.

# 생각의 경지

결코 무념무상의 경지는 아닐 것 같은데
알 수 없는 느낌
세상을 복잡하게 살아가는 사람들의 얼굴엔
미로가 숨겨져 있는 듯

남을 보고 있는가
사물의 모습에서 본인의 상황을 적용하려는가
보이는 실체가 진실이 아닐 것이라고
억지로 주장하고 싶은 듯

늘 생각하는 사람이 되어야 한다지만
그대로 굳어져 바위가 된다면
생각도 갇히게 되고
바람의 놀림거리가 될 것 같기도 하다.

# 쉬어야 할 때

무심코 주저앉고 싶어지는 그러한 때
직장도 가기 싫고 운동도 하기 싫을 때
맘대로 쉴 수 있는 그런 때가 좋았었지
억지로 쉬어야 하는 이런 날 올 줄이야

상황이 상황이라 받아들인 그러한 때
갈 곳도 없어지고 할 일도 없어졌을 때
놀기만 해야 하는 그런 날이 끔찍하네
어쩌랴 쉬어야 할 땐 편하게 쉬어야지!

# 아기 안고

어르고 달래고 젖 먹이고
포근히 감싸 안아야 진한 정이 들어간단다
아가야 내 자식

애기가 우는 것은 곧 의사 표현
배고프고 아프고 화가 났을 때 자연스러운 감정 표출
바로바로 반응해 주라 한다

유모차와 아기 흔들의자가 좋을까
등에 짐짝처럼 지고 다니는 것도 상관없을까
아기는 가슴에 안아야 한다네!

# 아련한 얼굴

어렴풋이 떠오르는 그대 그 모습
눈은 이랬고 코는 저랬고
입은 그랬을 것 같기도 한데
좀처럼 그려지지 않네

반투명 창문을 통해 보았던가
아니면 호수에 비친 반영만을 보았을까
분명 사진은 아니었던 것 같기도 하고
묘연히 아른거리는 실루엣 존재

꿈속에 남아 있어라
윤곽만이라도 절대로 지워지지 말아라
기억 저편의 추억이란 책장
진한 그리움
아련한 그대 얼굴이어라.

# 애꾸눈 세상

멀쩡한 두 눈으로도
제대로 못 보는 세상인데
외눈으로 보이는 것만 보려 하는
궁예의 후예들

왼쪽 얼굴 영웅 되기 위해
오른쪽 얼굴을 장님 만들었으니
정상인 되기는
틀려버렸는데
어느 누가 똑바로 살아갈까나!

# 어렴풋한 그 여인

얼굴 기억이 날 듯 말 듯
너무 오래되어 형체만 남아 있는 빛바랜 사진처럼
아른거리기만 한다

현실에서는 없었던
차라리 그리다 만 추상화라고 한다면 얼마나 좋으련만
조금 남은 흔적이 안쓰러워라

고개를 흔들어 떨쳐 버릴까
아니다
추억이란 간직할 수 있게 더 깊이 새겨놓아야 하겠지!

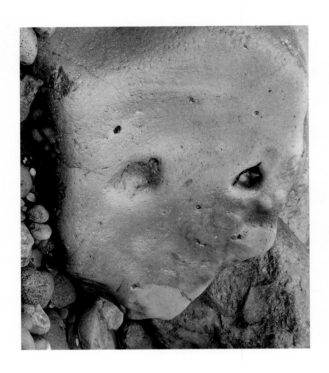

## 얼빠진 눈동자

개안 수술받으러 간다고 하더니만
있던 눈알마저 빼놓고 왔네

눈동자가 없을 바엔
차라리 바람구멍이 시원하다는 말인가

보여도 제대로 보지 못한다면
확실히 보고서도 못 본 척한다면은

그런 눈이란 없느니만 못하다면서
눈알을 파버렸는가!

# 웃고 싶은 날

턱 빠져도 좋다
펄쩍펄쩍 뛰다가 배꼽 잡고 뒹굴고
언제 이렇게 웃어보았던고

그냥 미소만도 좋다
너무 민망하면 손으로 살짝 입을 가리고
마음으로 웃으면 되거늘

매일 웃을 수만 있다면
오장육부가 아주 부드럽게 돌아가련만
어찌하여 그러지 못했던가

모처럼 웃을 수 있는 날
눈물 콧물이 흐르고 손바닥이 아플 때까지
맘껏 한번 웃어보자!

# 웃자, 웃어

늘 웃고 삽시다
월요일부터 웃기 시작해
화사하고도 화끈하게 웃어봅시다
수시로 웃어주면 수울~술 잘 풀린다고 하니
목이 터지도록 목청껏 웃어야 한답니다
금방 웃었어도 또다시 웃었는데
토라져도 웃다 보니
일어나자마자 웃는 것이 몸에 뱄다네요

웃으면 복이 오고 보약이라 했는데
왜 돌처럼 굳어 있나요
우리 모두 다 같이 웃는 날이 될 수 있도록
만나면 웃어봅시다.

# 이목구비의 순서

사람의 얼굴을 그리는 데 있어서
하나만 선택하라면 무엇
두 개라면 어느 곳과 어느 곳
만약 셋까지 그리라면 어느 부위를 빼버릴까나

이목구비란 말은 얼굴에 있어 중요한 순서라는데
모두 비뚤어져 있을 때
성형수술해야 하는 순서는 반대일 것 같아
고민되겠지

임금님의 귀는 당나귀 귀
사람을 볼 땐 눈부터 보기에 눈이 맑아야
입으로 복이 들어온다
코가 석 자

크기와 길이는 달라도 이목구비는 모두 중요하기에
우선순위를 가려서는 안 되지만
가끔 조물주는 정신 놓고서 선택해대니
어렵다!

# 인물 청문회

왜 이리 못생겼습니까
지금부터 인물 청문회 예절을 잘 들으세요

건방지게 눈을 치켜뜨면 안 되고
묻는 말에 고분고분 대답만 할 것이며
절대 비웃음 짓지 말아야 하고
고개를 갸우뚱하거나 도리도리 안 됩니다

처음부터 끝까지 공손한 태도하에
순종적으로 무표정하거나
아예 얼굴이 없다고 생각해야 합니다.

# 인물론

기준을 어디에 둘까나
인품이 최고로 중요하다고 하지만
우선 눈에 뜨이는 것은 그 사람의 얼굴이기 때문에
면상에서 찾아야 한다

관상학에서는
이목구비 순으로 귀를 가장 중시한다고 하지만
성형외과는
눈 코 입으로 돈을 번다더라

사람이 아닌
자연이 인간 얼굴을 만들어 낸다면
무엇을 중시할까
그것이 궁금하여라!

# 일념 정진

흔들린다
아직도 잡념이 많은 탓
속세의 인연을 끊기가 어찌 쉽겠느냐마는
마음공부 시작했으면 마귀부터 쫓아낼지어다

흔들린다
졸고 있는 것은 아니겠지
가부좌 굳게 틀고 허리 곧게 세운 후
복식호흡법 따라 금강 단련 매진할지어다

흔들린다
바람에 의한 자연현상
흔들리는 모습은 외형에 불과할 뿐
내면은 절대 흔들리지 않는 참선 자세로구나.

# 잊고 싶은 그 사내

패션을 챙긴다고
꼴값하는 것도 어느 정도가 되어야 하는데
정말로 기가 막혀

어쩌자고 저런 못난 인간을 알게 되어서 보낸 시간
후회스럽기만 했는데
왜 아직도 추한 얼굴이 자꾸 떠오르게 되는가

지가 무슨 사내라고
목에 힘을 주면서 주접떨어대는 꼬락서니가 싫으면서도
어찌어찌 보게 되었던 그런 시절이 있었다.

# 참선 수행

흔들리지 않는 것 같은데도 흔들린다
몸은 돌이 되어도 마음은 갈대
아직도 잡념이 많은 탓
어쩌다가 지지리도 못난 인간으로 태어났나

생각하지 않는다는 생각마저 없어야 한다는데
실체를 지우기가 어찌 쉽겠냐마는
허상까지 아른거리니
본성을 간파한다는 것은 도깨비방망이 능력이다

마음공부 시작했으면 마귀부터 쫓아내야 하건만
색성향미촉법
사방 천지엔 온통 유혹뿐이어서
침묵의 몰입이란 껍질뿐인가 하노라.

# 하고 싶은 말

무엇이 그리도 억울한가
불만이 쌓이면 사고를 유발하는 법
그래 말하라

아무리 침묵이 금이라고 하였어도
내면에 갈무리되어 있는 사리는 곧 병이 될지니
풀어야 하느니라

그런데 어떻게 전달하느냐가 문제
진심은 감추지 않고 자신감 있게 말해야 하되
가려서 할 줄은 알아야 한단다.

# 하염없는 기다림

머언 수평선 위의 점 하나
그분이 타고 나가셨던 배일까
착각 또 착각

흐르는 눈물은 바닷바람이 즉시 말려 버리고
목 놓아 우는 소리도 파도가 지우니
이젠 외로움이 무엇인지조차 모른다

갈매기에게 전해 달라 부탁한 편지는 얼마나 많았고
지나가는 구름에게 소식 물어본 것도
또 얼마나 자주였던가

스스로 만든 병은 오랫동안 지속하는 사랑이라 하였고
그리움이란 기다릴수록 더하다고 하지만
어쩌랴!

해석의 차이

통쾌하게 웃고 있다
너무 슬퍼서 큰 소리로 울고 있다
아니 누군가를 부르고 있다
무슨 소리 한심스러워서 하품만 크게 하고 있다
멀리서 벌린 입을 보고 하는 말
해석이 다르다

보는 사람의 시각차라고 하는데
같은 사물에 대해
비슷비슷한 해석이 나오면 문제없이 좋으련만
완전히 상반된 의견이 나올 땐
답이 없다.

# 형상석

# 강자의 세상

한 입 거리
언제든 먹고 싶을 때 먹을 수 있어 좋기만 하다

아무리 그럴 수 있다고 해도 그렇지
현대 사회에 약육강식이라니

억울하면 힘을 길러라
떼로 달려들어 뜯어 먹는 피라냐의 악랄함을 극복하려면

어쩌다
이 지경 되어
지하의 선비들이 눈물을 흘리게 만드는가

어찌 하리요
세상이란 변하고 변하는 것을!

# 거북이 사는 곳

하늘을 날고 싶을까
바다에서는 헤엄을 치며 종횡무진
땅 위에서는 여유롭게 기어 다니더니만
무한정의 허공에 미련

거북이는 집을 갖고 다니기에
언제 어디서나 먹고 자고 쉴 수 있으며
비바람도 막을 수 있는
평생 살아야 하는 단단한 개인 집 있다

그래서 사는 곳을 따지고 싶지 않지만
가끔은 벗어나고 싶은 듯
만일 알몸으로 하늘을 날 수 있게 되었다면
그땐 거북이 아니겠지!

# 관찰의 시간

얼마 동안이나 바라 다 보았을까
같아 보이면서도 다른
오감으로 느낀다는 것이 어찌 그리 쉬운 일인가

예단은 금물이니 형상을 직시하라고
직접 해봐라
진리를 찾는 것은 아득하게 멀리 있는 수평선

오래오래 보았지만 모르겠더라!

# 괴롭히는 자

누굴까
상습적으로 남을 자꾸 괴롭히는 존재는
종자가 따로 있다는데

불량 학생 스토커
양아치나 깡패
정치 모리배와 언론이 거론되는데

제대로 된 벌집
선잠 깨어 화가 단단히 난 사자
언젠간 만나겠지!

# 그림의 떡

너무도 배가 고플 땐
모든 것이 다 먹잇감으로 보인다고 하던데
미칠 노릇

눈 때문에 뱃속과 입과 뇌의 충돌 현상이 일어나면
껄떡거림
보이는 눈을 감으면 모든 것이 해결되려나

아니 꿈에서도 나타난다고 하기에
이빨이 다 부러지고 배가 불러 터질지라도
무조건 주워 먹고 싶어라

차라리 안 보았으면 좋았으련만
찬밥 더운밥을 가릴 수도 없는 배고픈 처지에서
이 무슨 시련인가 말이다!

# 돌 신발의 주인

너무 오래 신었을까
아직 쓸 만한 것 같은데 버리게 된 사연
궁금하기만 하다

주인이 누구인지 모르지만
대단한 초능력의 보유자임은 확실한데
버려진 돌 신발의 크기도 그렇고
무게도 엄청날 것 같다

값은 얼마나 나갈까
한 번 신게 되면 몇 년을 사용할 수 있을까
별걸 다 신경 쓰는구나!

# 돌이로소이다

움직이지 못하고
꼭 전하고 싶은 무슨 말도 못하고
먹지도 못하고
옷도 못 갈아입고
어쩌다가 아무것도 못 하는 돌이 되었을까

새들과 놀아도 보고 싶고
계절 따라 변화도 해 보고 싶고
바람이 되어 나무에 심술을 부려 보고 싶고
구름 되어 해를 가려 보고도 싶고
하고 싶은 일들은 또 왜 이리 많을까

그래도 아무리 그래도
요즘엔 마음 편한 것은 돌이 최고라네!

# 동물 이름

요즘엔 집에서 키우는 동물들을 부를 때
사람 이름을 붙여 주기도 한다

그런데 동물들의 이름은 어떻게 하여 붙여졌을까
소, 말, 개, 닭 그리고 야생의 곰과 범
모두 한 글자인 이유가 있을까

새로운 동물이 나타난다면
과연 어떤 이름으로 불릴까 하는 쓸데없는 관심은
동물의 고기가 그리운 인간의 욕심 때문일 것

동물들은 사람을 뭐라고 부를까!

# 등 돌리지 마라

무섭다
서로 원수가 된다는 현실이

더불어 살아가는 인간 사회라고 했는데
오죽하면 등 돌리고 살까만
그래도 서로가 조금씩 이해하면서 양보하는 마음가짐이 중요하단다

그게 아니라
정당이 서로 다르면 등 돌리고 싶지 않아도 저절로 등을 돌려야 하니
묘한 정치 사회인 것 같다.

# 목에 걸 밧줄

제발 참아주세요
배를 잡아 둘 정도의 힘이 있지 못하답니다.
그런데도
자꾸만 밧줄을 걸고 싶은가 보아요

어느 땐
바다 쓰레기 더미가 날아가지 않도록 바구니 묶어 놓아서
목에 힘을 주며 버티고 있느라고
엄청나게 고생한 적 있다네요

그냥 조용히 있고 싶어요
혹시 필요하다면 그림 그리는 연습생의 모델이 되어주고 싶네요
욕심일까요
생각하는 갯바위랍니다.

# 무엇을 더 먹고 싶을까

바닷속 물고기는 다 맛을 보았겠지
주변에 조개 종류도 안 보일 정도의 식성
돌에 붙은 이끼까지 깡그리
욕심은 한이 없나 보다

설마 날아가는 갈매기를 빨아들이고 싶은 마음
그럴 일은 없으려니
나쁜 시각 버리고 그냥 순수하게 받아들이자
맑은 공기 마시는 거라고!

# 바위 구멍

현미경도 아니고
망원렌즈 달린 카메라로 보는 모습도 아니건만
바위 구멍으로 보면 달라 보이는 경우가 있다고 하여
살짝 들여다보기

다르긴 뭐가 달라
생각의 차이
멀리서 지나가는 갈매기가 웃긴다고 할 것 같다.

# 배설의 순간

최고로 급할 때는 정신이 하나도 없다
어떻게 해결할 때의 시원함이란

그런데 잠깐의 시간이 지난 후엔
태도가 달라지는 인간

창피한 순간을 숨기고 싶기 때문인가
아니면 다른 이유가 있을까!

# 버린 바위 책

언제 적 사용하던 책일까
무슨 내용이 적혀있고
저자가 전달하고 싶은 사상은 무엇이었을까나

아주 오래된 고대 기록물인데
책장을 넘길 수도 없고 글을 읽을 수도 없으니
그냥 버려야 한단 말인가

책은 늘 머리 아프게 한다.

# 불 꺼진 촛대 바위

촛불은 제를 올릴 때 켜야 하고
한 번 자리 잡으면 움직여서는 안 된다고 하였다
그래서 필요했던 촛대

이젠 그런 기도의 불은 안 켜고
엉뚱한 데 사용
여기저기 촛대를 갖고 다니면서 데모
그래서 옛 촛대는 차라리 바위가 편하다고 한다.

# 뿔나면

평소엔 순하다는 이야기
함부로 자꾸 건드리지 말라는 뜻이 함축되어 있지만
그래도 당하고 산다는 약자 바보

그러면 뿔 좀 내 봐라
태생이 뿔 있는 동물은 평소 남을 해치지 못한다고 한다
방어용이지만 불편한 존재

우리가 늘 호구로 보이나
시민들은 절대적 힘을 발휘할 수 있는 표가 있단 말이다
그래 뿔다귀 내봐라 비엉~신!

# 산 진 거북

산 진 거북이요 돌 진 가재라
그러잖아도 등딱지 딱딱하게 보호받고 있거늘
산까지 짊어지고 숨으려 하는 것은
무엇을 그리도 잘못했나

권력에 빌붙어 한동안 영화를 누리더니만
어느 날 갑자기 혹이 되어 버리나니
장수의 거북 전설도 있는데
돌이 되어 억만년을 더 살겠다는 것인가!

산 진 거북: 산을 등에 짊어진 거북이며 돌을 등에 진 가재라는 뜻의 속담으로, 밖에 의지하거나 근거할 힘이 든든함을 이르는 말인데, 외부의 집권 세력을 믿고 허세를 부리며 권세를 누리고 공격에 버티는 자를 상징함으로써 보통 좋은 이미지의 거북을 비하하는 말도 된다.

# 살려줘

물에 빠져 죽는 것은 어린 동물들
수영 강좌가 없어서
그래서 물고기도 먹을 양식을 쉽게 구할 수 있으리라

사람은 누구 잘못일까
위험한 물가에 가지 말라고 그렇게도 교육했는데
119만 고생시킨다

폭우에 물난리 겪어서 그렇다면
그것도 학습이 되겠지!

# 삿대질

삿대란 아래로 짚어야 하는데
하늘을 찌르네

한 손가락으로 남을 욕하면
세 손가락은 자신을 찌른다고 해도
정치란 그런 것

정치인은 모두 검지를 자르라고 하면
디스코 춤 못 춘다고 화낼까!

새우 잡는 하마

제발 덩칫값 좀 하라고
그런 말 하지 말라
인간도 배가 고프면 좁쌀을 주워 먹는다

큰 입에 날카로운 이빨을 갖고 있으면서
풀이나 뜯어 먹고 사는 현실
경제란 원래 그래

물과 먹을 것이 없으면
체면이고 나발이고 그런 거 다 필요 없으니
살아남는 게 우선이란다.

# 아픔이여

하늘이 아파하니 대신 울어주어도
소리는 내지 않는다

안으로는 눈물 강이 넘실거리며 흘러가도
겉엔 이슬방울만
달빛을 머금고 반짝일 뿐이다

세상이 아프니 늑대가 슬픈가
늑대가 울어대니 세상도 사람도 아픈가

슬픔의 응어리는 뭉쳐져 한이 되기에
세상이 아플 땐
허공에 대고 소리 없이 울어야 한단다.

# 용가리가 나타나면

세상이 어지럽거나 위기가 닥칠 때면
대단한 초능력을 지닌
고대 공룡 용가리가 나타나
우리 모두를 위험에서 구해주고 희생한다더라

그래서 영원한 어린이의 친구
화석이나 상상 속의 존재가 해학적 모습으로 바뀌어
만화와 영화로도 등장
관심 대상 되었다

그런데
눈을 크게 뜰 실제 용가리가 나타났다면
큰 걱정
지구 사회에 무서운 일이 벌어질 것을 예견할까!

# 좁은 문

인구수는 왕창 늘어나 바글바글
문은 점점 더 좁아지는데
어찌해야 할까나

왜 문으로 드나들어야 하는가
누가 문을 만들어 놓고
좁은 공간으로 통과시키려 시험하는가

문을 없애고 담장마저 허물자
대문조차 필요 없게 되니
인생이 자유롭다.

# 좌우 시각차

분명 같은 물체인데
왼쪽에서 보는 모양과 오른쪽에서 보는 형상이 다르다네
그래서 한쪽으로만 보지 말라고
사람의 눈은 수평 간격으로 두 개 달렸을 것 같은데
늘 한쪽만을 이야기한대요

왼쪽만을 본 사람과 오른쪽만을 본 사람이 토론하면
절대로 답이 나올 수 없을 것 같은데도
그래도 혹시나
자주 싸움판을 만들어 놓고 어렵다고 한다네요
차라리 눈먼 봉사에게 알아보라고 하면 쉬우련만!

# 중국인과 송골매

중국 송나라 장수 호종단이
미래 제주도에서 인재가 태어날 것을 막기 위해 맥을 끊고
돌아가다가 매로 변한 한라산신에 의해 죽었다는데
그래서 생긴 차귀도

그곳엔 송골매를 상징하는 매 바위가 계속 남아있어서
중국의 침략을 미리 막았다고 전해지다가
언제부터인가 매의 기가 약해져
제주도에 중국인들이 엄청 몰려오기 시작한다나

정말일까는 몰라도
제주도 땅이 다 중국인 소유가 될 것을 염려하는
한숨 소리 들린다.

# 지귀도 가볼까

저기 저 섬 지귀도에 가보고 싶어
볼거리 없어 막상 가보면 실망할 거야

그래도 가보고 싶어
너무 멀고 건너가는 배편도 없다고 하던데
고깃배나 낚시꾼 타고 가는 배가 있을 거야

저 섬엔 섬지기가 있을까
섬 전체는 얼마나 클까

입장료도 없고 아무나 들어가도 될런가
글쎄 우리는 그냥 멀리서 바라보기만 하자구!

지귀도: 남원읍 위미리 해안으로부터 남쪽으로 약 4㎞ 지점에 위치해 있는데 섬 모양은 동서의 길이
가 긴 타원형으로, 낮고 평평하여 정상의 높이가 14m에 불과하다고 한다. 민간에서는 '직구섬' 또는
'지꾸섬' 등으로 불리며 한자로 地歸島라 표기하고 있는 것은 '땅이 바다로 들어가는 형태'에서 유래
되었다고 한다.

# 하늘 향해 외쳐보라

용기와 도전
긍지와 끈기를 있는 힘껏 발휘하기 위해
위인들은 수시로 성공의 주문을 외쳤다고 한다

실패는 있을 수 있고
슬픔은 수시로 따라오는 것이기에
반전과 극복의 차원에서 하늘 향해 외치라고 한다

혼을 품은 울음도 좋고
묵은 응어리의 피를 토해도 좋으니
소리의 길이 하늘 끝에 닿도록 외쳐보라고 한다.

# 화해의 한계

무기 버리고 맞잡은 손
그 손은 오른손
비수를 숨긴 그는 왼손잡이였다

웃음으로 꽉 채운 세기의 악수
각자 숙소로 돌아가 서로 손 씻기 바빴다

흑인이 백인을 노예로 만들어
천 년 동안 부려 먹은 후
미안했다며 포옹하고 싶은 맘은 생길까나

기독교 신자와 이슬람 신자의 결혼이 성사되면
속 터져 죽어도 이혼은 죄악!

# 돌 표면

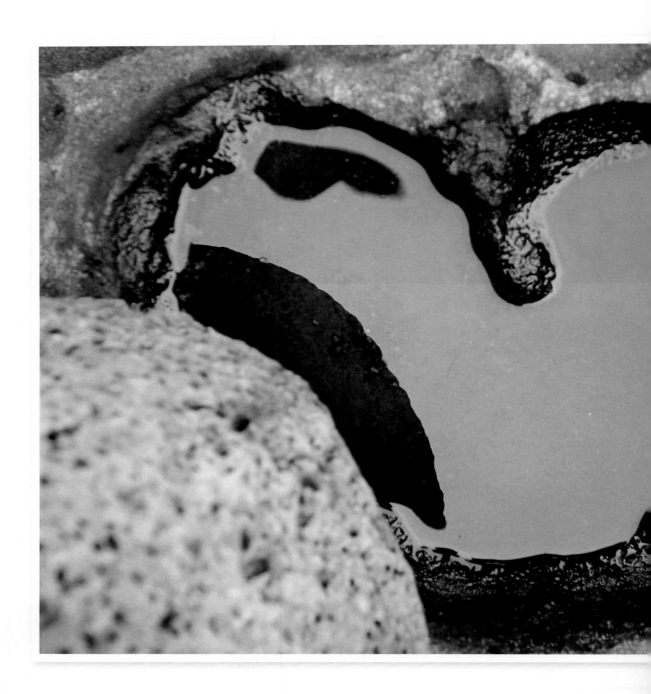

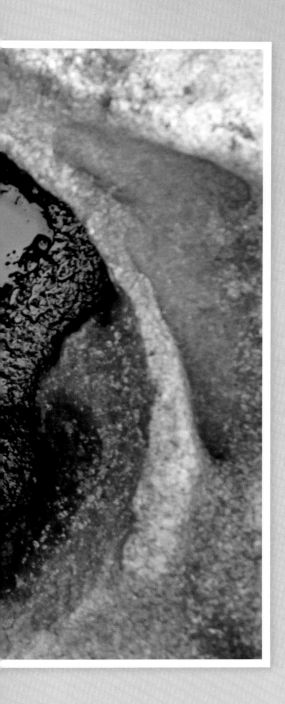

# 건선의 괴로움

미치고 환장할 노릇
한번 가렵기 시작하면 땅바닥을 구르고 싶다
난치성 질환이라니

하얀 무늬를 대패로 밀거나
뗏장처럼 떼어 낼 수 있다면 얼마나 좋을까
피부 목수는 왜 없나

사람의 피부도
옷처럼 새로운 것으로 갈아입을 수 있다면
천금을 주고라도 살 것

말 못하는 바위야
사람은 잠깐도 못 참는데 수만 년간 괴로웠지
불공평한 세상을 원망이나 하렴!

## 고운 피부의 바위

바위도 매끄럽고 고운 피부를 좋아할까나
엄청난 열기로 피부가 온통 상해버린 화산암의 세계에서
부드러운 곡선은 상상도 못 할 일

이끼 옷을 입어보기도 하고
흙으로 두꺼운 껍질을 만들어 피부를 숨겨보기도 하지만
반질반질 아름다운 살결은 그냥 꿈

바위도 대패로 깎아 낸 후 사포로 문지르면
반들거릴 수가 있으려나
어느 계곡의 바위는 이런저런 공상과 잡념이 많다.

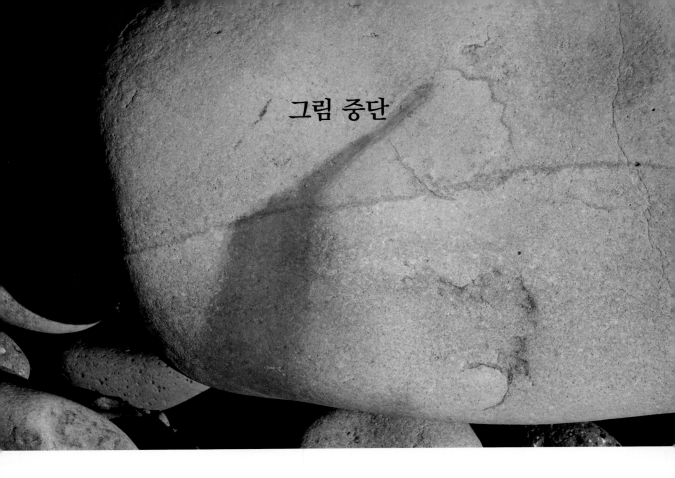

# 그림 중단

붓칠을 시작하자마자 멈춰 버린 손
무슨 급한 일이 생겼나
돌아와 계속해서 그리지도 않고 있으니
기다리던 바람이 떠나는 소리

분명 무엇인가를 구도한 것은 확실하건만
추측할 수 없는 한계
준비했던 물감마저 빗물이 가져가 버렸으니
더 이상의 기대는 금물

차라리 시작이라도 없었더라면
다른 누군가가 와서 멋진 작품을 남겼으련만
그리다 만 것을 건드릴 수도 없으니
이해하기 어려운 자연!

# 돌무늬 해석

추상화일까 사실화일까
그림을 그린 것인지 글씨를 쓴 것인지
아니면 낙서를 한 것인지도 모를 일이건만
알아보고 싶은 인간의 마음

자연은 분명 무슨 의사를 전달하려는 것 같은데
해석의 어려움
그냥 모른 채 지나가라고 하면서도 궁금증
절대 학문으로 접근하지 말라고 하는데도 말이다

어렵다
쉬우면 굳이 알려고 하지 않을 것이겠지만
단순한 현상이면서도 심오한 철학
늘 신비감이 있기에
보고 느끼고 또 그렇게 배우는지도 모른다.

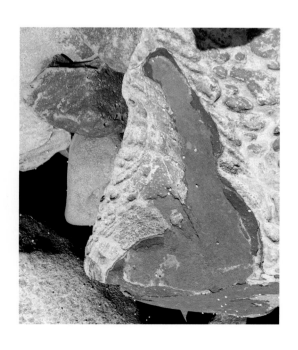

# 돌의 가면

자꾸 숨기고 싶고
진실에서 도망치고 싶은 욕망
거짓과 탐욕의 상징인 줄 알면서도
인간은 위선의 가면을 쓰고 싶어 한다

돌이 실체를 감출 필요가 있을까
왜 탈바가지를 쓸까
굳이 할로윈 마스크를 써야만 했는가
돌은 그럴 일 없을 것 같은데
가끔 발견된다.

# 돌의 비구상 작품

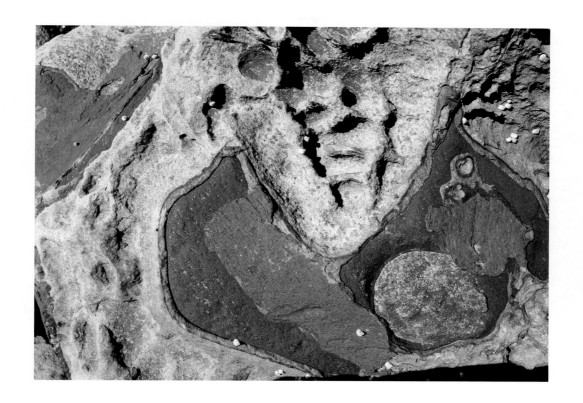

알 듯 모를 듯
현실에 없을 것 같은데 실제 있기도 한 것
그냥 마음속에 있는 것이라면
그러려니 넘어가련만

돌은 미술도 알고 마술도 알겠지만
인간의 눈은 단순
잘 모르면 무조건 아름답다고 하면 될 일이련만
따지기에 무슨 무슨 파가 생겼겠지

자연의 심오함을 그 누가 알랴
세계 최고의 작가도 흉내 내지 못할 영역
늘 모르고 지나치니
그래서 오래 보존된다고 하더라!

# 돌의 시선

인간의 눈은 단 1분도 가만히 있지 못하는데
늘 시선을 고정시키라고 한다
눈동자에서 자갈 굴러가는 소리가 난다고
군대서 하는 말

돌의 눈은 언제나 같은 시각으로 세상을 볼까나
정말로 신통력을 지닌 돌의 눈이 있다면
과거엔 무엇이 보였고
미래엔 무엇이 보일 것인가 물어보련만

가끔 눈물 고인 돌의 눈을 만나게 되는데
감성을 지닌 돌
영원히 한결같은 곳만 바라다보는 돌의 눈이기에
시선을 마주치기 두려워라!

# 동그라미 변형

달일까
얼굴일까
허공으로 날아가는 비눗방울은 크고 작고
무지개는 둥그런 다리

너무 동그랗기만 하면 어지러워
살짝 구부리니 곡선
모나게 살지 말라 했건만
다 달아버린 굴렁쇠

가없는 둥근 하늘에 달무리 뜨니
풍선 타고 가던 광대가
지구 한 바퀴 돌아
태극의 진리를 터득해 버린다.

# 디자인 연습 시간

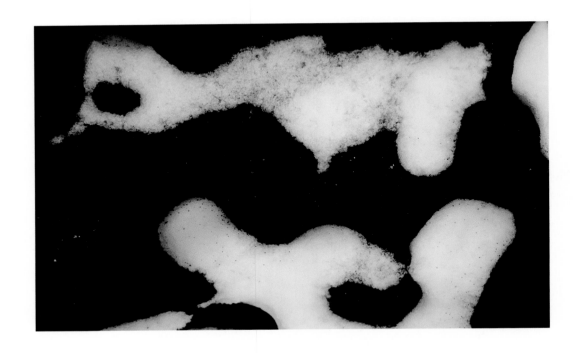

순간의 착상과 표현력
끊임없는 반복과 노력과 수정이 필요하지만
주어진 시간이 한정되었기에
초를 다투어야 한다

한번 펼쳐 놓으면 그것으로 끝
결코 같은 문양은 안 나와
작품에 대한 보관이나 존안이 중요하건만
방법은 없어라

가르쳐주는 스승도 없을 뿐만 아니라
전수해 줄 후배도 없고
보아주는 것은 하늘
평가해 주는 것은 오로지 바람이더라!

# 땡땡이 유감

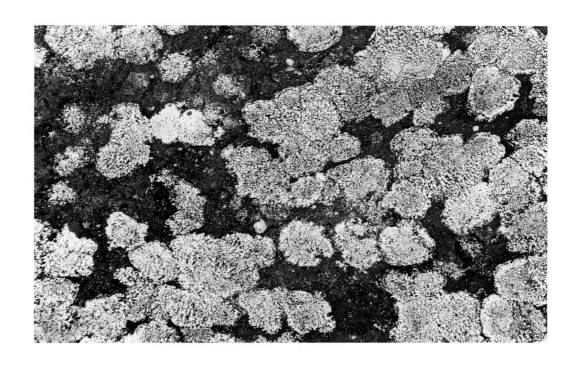

주변에 농땡이 꾼들 많은데
왜 학생들만 땡땡이친다고 하는가
정치인과 노조원이 가장 많은 땡땡이를 칠 것 같은데
힘센 자들에게 함부로 말하긴 겁난다

땡땡이 패션이란 말도 안 되는 줄 알면서
고상한 척하는 여성과 상인들에게 침 맞을까 두려워
물방울무늬 디자이너들은 침묵
땡땡이 원피스가 무조건 이쁘다고만 해준다

기분이 우울할 땐 땡땡이
그림도 어렵고 글씨도 못 쓰니 여기저기 점이나 찍고
곤충학자처럼 물땡땡이에 관해 연구도 못 하니
그냥 학교 종이나 땡땡땡 쳐보자!

# 마음 빨래

마음도 빨아서 쓸 수 있을까나

매일 매일 저녁엔
그날의
더러워진 마음을 꺼내
조심스럽게
빨래판에 비벼 빤 후
밤새도록 말렸다가
다음날
다시 가슴에 넣어
깨끗이 사용하게 되면
늘 아름다운 사회가
될 터인데

하긴 이젠 씻어야 할
마음조차 없기에
빨래판은
여기저기 깨어진 채
창고에 들어가 버리고
가슴에
남아 있는 것이란
빨 수 없는 미움뿐

어디엔가 정신을 씻는 마음 세탁소가 따로 있다면
정이란 세제도 풀어 넣고 사랑이란 빨랫방망이로 두드려도 보련만!

# 바위 내장

바위도 내장이 있을까
소장 대장과 같은 길고 구불구불한 창자가 있다면
매우 강인하기는 하겠지만
부드러운 연동 운동을 못해서 문제가 될 듯

인간과 비슷하게 허파가 두 개인데
폐에 물이 차면
바위는 마침 청소의 기회라고 하면서
좋아할까

심장에 고인 물은 맑고 투명한 상태이기에
언제나 깨끗한 몸가짐의 기본
그렇지만 밖으로 드러나지 않아야 한다는데
먼지가 쌓일까 걱정

먹어야 산다는 말이 바위에도 적용되어
위장까지 갖추어 놓았건만
몸속 깊숙이 이런저런 음식을 넣어 줄
입이 없으니 낭패로구나!

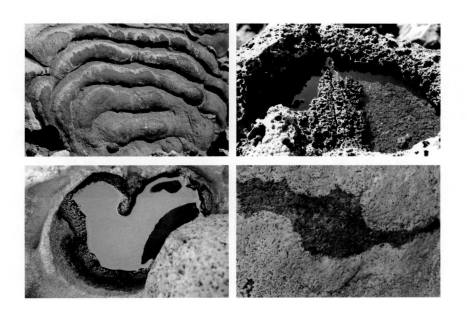

# 바위 디자인

상업성과 예술성의 경계선에서
고뇌의 흔적

차가움과 딱딱함의 이미지 덮어 버리는
천재적 재능 발휘

그래도 보아주는 사람 없다

자연은 바위 붙잡고 혼자 울다가 웃다가
침일까
눈물 자국일까!

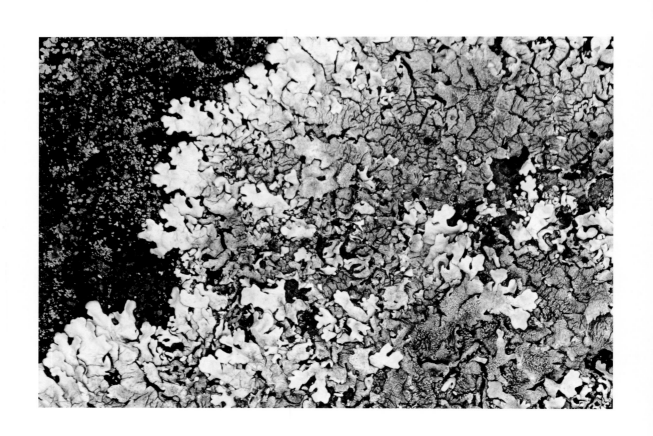

## 바위 벽의 추상화

무슨 내용인지 몰라야 가치가 있단다
알 듯 모를 듯
바로 그것이 생명줄
고민하면서 연구에 또 연구를 거듭해야 할 것

절대로 같은 작품은 없다
단순한 것도 복잡하게 보여야 할 것이니
고개를 오른쪽으로 돌렸다가 다시 왼쪽으로
허리 굽혀 가랑이 사이로 보기도 하고

자연의 작품이란 신비감
외형을 뛰어넘는 의미를 찾기가 쉽지 않으리!

# 바위 옷의 침묵

몇 년을 살았는지
자신도 알 수 없어라
잎과 줄기와 뿌리가 있는지
없는지도
알 수 없는 존재
그냥 묵묵히 세월만 보내 왔을 뿐이다

지구 땅 위에서
맨 먼저 자리 잡고 오랜 옛적부터
살아왔노라고
권리 주장 안 한다
모든 식물의 조상이라고도 안 한다
그렇게 살 뿐이다.

# 바위의 두 눈

끝없는 세월이 흐르는 동안
바위는 수없이 많은 현상들을 바라다보면서
무엇을 느꼈을까

세상을 제대로 보면 머리가 어지럽기에
차라리 안 보고도 싶건만
그러지도 못하는 신세의 가련함이여

그래서 바위의 두 눈에 눈물에 고였을까
아니 그게 아니라
지나가던 새가 화장실로 착각했기 때문!

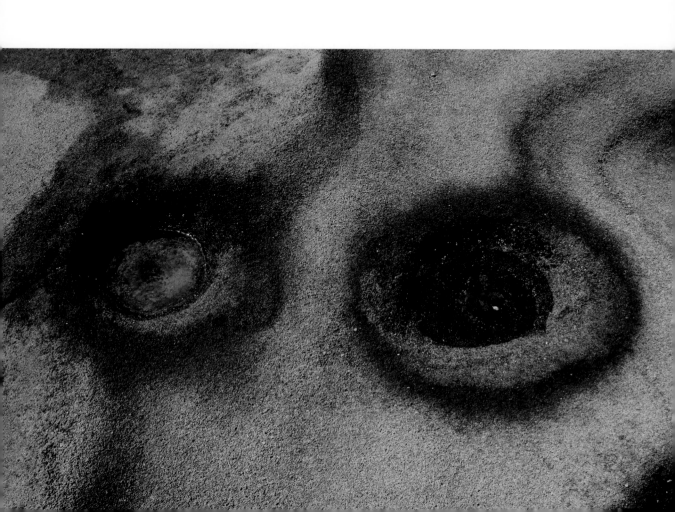

# 바위의 치장술

돈도 없고
타고난 능력도 없고
배운 재주조차 없는 신세인지라
벌거벗고 살아야 하건만 그건 싫어

어찌하면 좋은 옷 입고
어찌하면 장식품 달고
어찌하면 아름답게 보일까
고민이 많은 바위
순진한 바위

조금은 모자란 척해보자
자연환경에 피부가 상하면 흙이 되어도 좋고
갈라진 틈 사이에 물도 머금고
찾아오는 손님 까칠하게 굴지 않으니
세월이 해결해 주는구나!

# 백화현상

바닷가에 하얀 꽃이 피면 안 좋단다
조화라서 그럴까
갯바위가 죽어 갈 땐 하얀 거품을 토하는가

어째 그런 일이
$CaCO_3$ $Ca(OH)_2$ $Na_2$ $SO_4$ $K_2$
석회질과 해조류와 온난화 어쩌구 해석이 어렵다

그냥 나쁜 일
바다에 갈 땐 절대로 흰옷을 입지 말아야 하고
다른 옷 없으면 벌거벗어야 하겠네

깨끗하고 순결함의 상징인 흰색이
백의민족의 자랑인 순백의 숭고한 아름다움이
어쩌다 바다에선 이렇게 되었나!

# 속 박

절대로 자승자박 아닌데
못 본 척
모르는 척

해방의 그날은 영원히 없으려는가
가련한 바위의 영혼

본래부터 움직이는 자유가 없었는데
그래도 묶어 버리다니
억울한 존재

속으로 울음을 울어대는 소리를
누가 들어 주려나!

# 아픈 바위

무정한 세월에
긁히고
패이고
사정없이 부서져야만 하는 바위

너무 아파
눈물도 안 나오고
허공을 가르는
비명만이 멀리멀리 퍼져나간다

언제까지 아픔을 참아야 할까나
바위 깨져서 돌이 되고
돌은 모래로
모래가 다시 먼지 될 때까지
영겁의 시간이로다.

# 알박기란 말

아주 몹시 나쁜 말
처음엔 토지 개발 예정지의 노른자 땅 사 놓기였는데
이젠 정치권에서 주로 쓴다고 하던가

내가 하면 대박이요
남이 하면 악덕이라는
지저분한 인간 심리가 그대로 박혀 있는 그런 말

전쟁 때 요충지를 먼저 점령하면 알박기라고 한다던데
어떤 땐 다른 말
여기저기 진짜 황금알이 많이 박혀 있으면 얼마나 좋을까!

# 암호 풀기

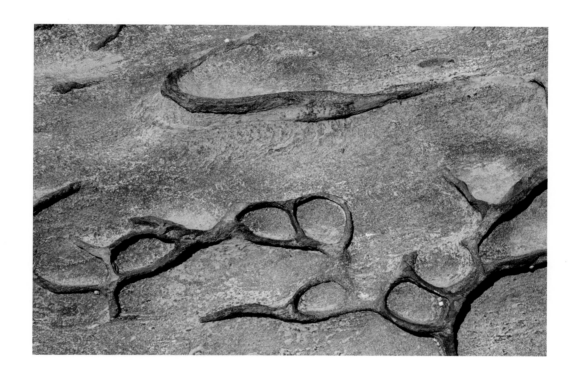

분명히 무슨 의사를 전달하려는 표시인 것 같은데
보는 순간 어질어질
새겨놓은 지 몇 년이나 흘러왔을까나

과연 대단한 학자가 있어서
문자 없었던 고대의 소통 기호를 해석할 수 있다면
많은 비밀이 밝혀지련만

요즘엔 무엇인가 알아보려고 하면
걸핏하면 패스워드 아이디 비밀번호 이것저것 요구
차라리 그냥 모르고 만다.

# 옷 입은 바위

바위가 계절을 알아서
추위와 더위를 느껴서
때 되면 옷을 갈아입을까나

바위도 패션을 알고
유행도 따라가고 싶어서
이런저런 장식품을 달아 놓았을까

바위가 입고 있는
옷의 재질도 궁금하고
디자인에 대해 배우고도 싶어라

그러면 옷을 못 입은 대부분의 바위는
바보인가
참 세상은 어디서나 불공평!

# 인감도장

손과 머리와 가슴이 같이 작용해야
비로소 탄생하는 예술 작품
전각의 세계

도장을 찍어야 사실이 된다
개인의 재산에서부터 나라의 증명까지
그래서 중요했건만

도장 파는 아저씨 돌아가시고
관공서 앞의 가겟방도 문 닫은 지 오래
인장 예술이 사라지고 있다.

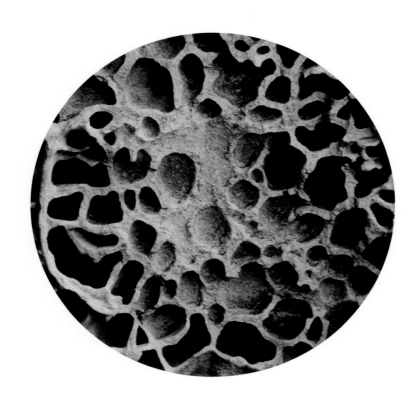

# 자연의 그림문자

무슨 사연이 담겨 있을까
깊은 의미를 전달하려는 것은 분명한데
감도 못 잡는 인간
신화라는 말조차 차마 못 하나 보다

가장 오래되었고
또 앞으로도 가장 긴 시간 동안 보여주련만
뜻을 알지 못하니
아니 알려고도 하지 않는 그 잘난 동물

자연은 다 이유가 있어서
지구 상의 모든 사물을 만들었다고 하였건만
그 내면을 모르는 것은
자연이 남겨 놓은 문자를 해석 못 하기 때문.

# 작품 착안

하늘과 구름은 작업을 하다가
마음에 들지 않으면 수시로 바꿀 수 있으니 얼마나 좋아
비록 뜬구름 이야기일지라도

바위는 그렇지 못해
한 번 그리거나 만들어 놓으면 수정하기 어려우니
기초가 중요하다네

그래서 첫 착상이나 관념이 기발해야 하는데
그게 어디 쉬운 일
돌에게 감성과 깊은 정서가 있다면 돌머리라고 했겠는가

그래도 작품을 만들어 내니 신통방통
무심코 착안해 낸 형상
보는 시각에 따라 명작과 졸작의 중앙선을 넘나든다.

# 패션 디자이너의 구상

알 듯 모를 듯
뛰어난 전문가의 독창성을 어찌 쉽게 이해하랴만
무조건 멋지다고 하면 탈이 없다

작품이 그냥 나오나
배불리 먹고 사는 것도 고급화되다 보니
이젠 멋
무엇인가 차별화되고 관심의 대상이 되려 노력하는 세상

머리를 싸매고 쥐어짜고 끙끙 앓다가 포기한 후
동대문종합시장에 가서
오래된 원단의 원피스 한 장 사면서 눈물 흘리는
디자이너도 있다나

하나만 히트 쳐도 대박이 난다고 하지만
그 하나가 어찌 쉬울까
자연의 품속에 뛰어들어 내공을 기르라고 한다네!

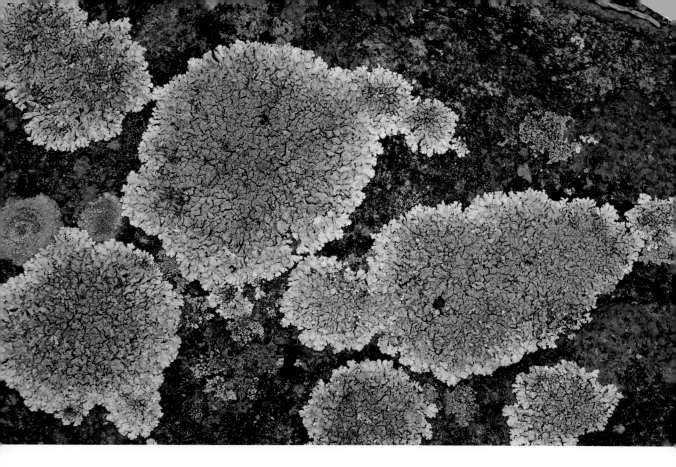

# 피부의 마른버짐

못 먹어서
영양 부족이라서 얼굴에 버짐이 날까

예전엔 그런 말 있었지만
요즘엔 너무 잘 먹다 보니 날씨 탓으로 돌린다

무엇을 핑계 대든지
피부의 마른 버짐이야 약으로 치료할 수 있겠지만

우리 사회에 퍼져나가는
내로남불이라는 악의 버짐이 문제로다.

# 제4장
# 화산석

# 꽃 구경꾼들

꽃 많은 시기엔 아무런 감흥이 없다가
삭막한 상황이 지속될 때
어쩌다 꽃이 보이면
누구나 소녀와 시인의 눈으로 바라보게 되는가

꽃이란 무엇인가
돌과 꽃의 차이점은 무엇이란 말인가
쉽고도 어려운
따지기 곤란한 문제를 물고 늘어지지 말라

그냥 꽃 구경
뛰는 심장도 없고 피부의 감각도 무딘
비록 짱돌이라 하더라도
꽃에 대한 이런저런 생각은 있단다.

# 낙석에 맞으면

하늘에서 떨어지는 돌에 맞아 죽으면
누구를 원망할까

비나 우박을 맞아 죽으면 하느님에게 아무 소리 안 해도
낙석 사고에 대해서는
일단 정부나 지자체에 책임을 묻고 보상도 요구하고
동네방네 떠들어대며 난리를 쳐야 할까나

산이나 절벽에서 떨어진 돌에 맞으면
재수 없는 놈
본인의 부주의나 사고 유발의 원인 제공 잘못은 무시하고
남 탓으로 돌려야 하겠지

세상사 어찌 낙석뿐이랴
움직이며 사는 생활 주변엔 늘 위험이 숨어 있는 법!

# 너럭바위 용도

파도가 쓰고 지우기를 반복한
바닷가 잡기장엔 무슨 내용이 얼마나 들어있을까

너무 오래 써먹다 보니
이젠 지나가는 바람도 읽기 어려운 듯
역사학자가 필요할까나

낮엔 갈매기가 구름에게 상형문자 가르치는 칠판
밤엔 인어가 별들에게 신화 이야기하던 곳

이젠 허허로운 공간
그렇지만 절대 애물단지는 아니기에
언젠간 새로운 용도로 쓰이리라!

# 누룩빌레

바위에서 막걸리 송송 솟아오르면 얼마나 좋을까
술 향기 그윽한 곳
전통의 진한 누룩 냄새가 흘러나오는 듯하다

취해도 좋다
갈매기가 날아와 한잔해도 좋고
물고기도 바다에서 올라와 마음껏 마시라고 한단다

그릇에 담긴 술은 종류가 여럿이겠지
맑은 술과 탁배기
요즘엔 알코올의 도수로 값과 진품을 따진다고 하던가

이젠 술 없이 세월의 흐름만 스며 있다더라!

# 돌 그림자

있으니까 보이는가
투명 인간에게도 그림자는 있다 하니
분명 형체를 밝힐 수 있을 것

돌이 딱딱하니 그림자도 역시 딱딱할까
그림자를 만져보자꾸나
만져보지도 않으면서 질감을 논하지 말라

그림자는 분명 빛에 의해 만들어지고
빛은 모든 색의 근본이기에
확실한 색깔이 있을 것임에도 흑백으로만 보인다

그림자는 숨었다가 나타나고
살다가 죽었다가 또다시 살아나는 존재
생존의 법칙은 무의미하다.

# 돌 대포의 화력

날아가는 포탄의 비거리는 얼마나 될까
탄환의 재료는 무엇이었을까
구석기시대에 최고의 무기가 되었을 것 같은 돌 대포

포신 안을 살펴보면 얼마나 사용했나 알 수 있다고 했는데
한 방도 안 쏜 대포도 있는 듯
그냥 거치만 해놓고 있어도 힘의 우위를 차지했을까

돌 팔매질로 싸움하는 전쟁터에선
돌 대포 몇 문만 있으면 무조건 승리했을 것 같지만
그냥 알 수 없어라!

용암수형(lava tree mould, 熔岩樹型): 용암류에 둘러싸인 수목이 연소하여 줄기 자체는 남아있지는 않지만, 그 줄기 형태가 빈 구멍으로 남아있는 것이다. 수간(樹幹) 자체는 연소하여 남아있지 않음으로써 고결한 용암 속에 원통상의 공동이 생기는 것이 보통이다. 부분적으로 탄화된 나뭇조각이 남아있거나, 나무껍질·나뭇결 등의 모양이 남아있는 예도 있다. 유동성이 큰 현무암질 용암 속에 흔히 존재한다. (두산백과)

# 돌 바가지

무거워서 함부로 퍼주지 못한다네
긁어봤자 소리도 신통치 못하고
밟아도 깨지지 않는다

가정에선 쓰지 못하나
정부에서는 꼭 필요한 돌 바가지인데
모르고 있다

세금만 바가지로 거둬가서
험한 욕을 바가지로 얻어먹어야 하는
정부는 탈 바가지고 똥 바가지다.

# 돌이 된 뱀(蛇石)

오래전엔 최고의 신이었던 뱀
언제 돌이 되었을까
움직이고 싶은 욕망의 화신으로 남아있다

메두사를 바라보는 자가 돌이 되어야 하는데
메두사가 먼저 돌이 되다니
어쩌다가 뱀의 체면이 이 지경까지 되었을까

전 세계 방방곡곡 이젠 신으로 섬겨주는 곳 없으니
차라리 돌이 되는 것이
생사탕이라는 특효약 재료가 되지 않는단 말인가

그런데 어쩌랴
뱀신 모신 흔적까지 찾아 관광 상품화하는
기가 막힌 현실이로다.

# 미지의 구멍

돌을 파내고 그 속에서 사는 무수한 벌레들
질서와 규칙이 있을 것 같기도 하고
같아 보여도 같은 것 하나 없는 독창성도 보이고
바위를 공동으로 사용하는 비결

이리저리 살펴보아도 알 수 없는 구멍들이다


숯과 뼈에 나 있는 수많은 구멍과 다른 점은
단단함의 차이가 있는 것이 분명하건만
들어오는 바람을 처리하는 방식도 다르고
아무리 오래 사용해도 변함이 없다는 영구성

보아도 또 보아도 알 수 없는 구멍들이다.

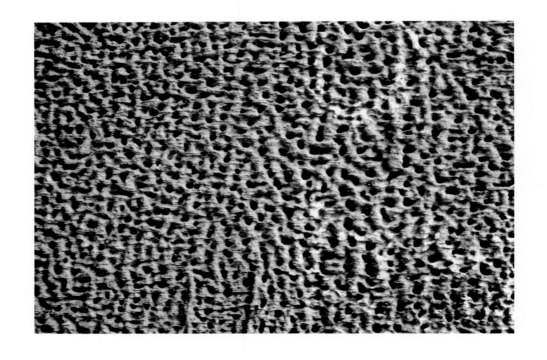

# 바닷가 돌 깔판

밤엔 하늘의 선녀들이 내려와 강강수월래
춤추며 놀던 마당이었고
낮엔 깊은 바닷속의 인어가 뭍으로 올라와서
일광욕 즐기던 평상이었건만

바닷가 인간들이 이를 빼앗아

염부는
소금 굽는 가마로 사용했고
어부 아낙은
해초 말리는 멍석으로 써먹었다고 하던가

그러나 이제는 아무도 이용하지 않는데
과연 왜 그럴까!

# 바위 기둥

공기의 무게가 이리도 많이 나가
바위로 만든 기둥의 허리가 휘청
얼마나 버텨낼까 개미가 조마조마
그래도 바람만은 기둥에 그림 공부

구름을 떠받치는 의지의 바위 기둥
서서히 부서지는 고통의 세월 속에
비바람 도움받아 기둥에 흔적 내니
새겨진 무늬만은 억년의 작품 세계

# 바위의 골다공증

소리 없는 뼈 도둑이라는 말이 있다고 해서
바위가 병원에 갔더니만
엑스레이 영상 촬영과 혈액 검사도 안 해보고
그냥 무조건 큰일이란다

무슨 무슨 약을 처방해 주고
앞으로 무엇은 하지 말고 이런저런 운동을 해야 하며
이 음식과 저 음식을 주로 먹으라 하면서
겁을 주니 당연히 겁이 난다

태어날 때부터 기포 터진 자리에 생긴 구멍
시원했는데
특별한 디자인의 아름다움과 멋도 있었다고 했는데
이젠 패인 자리에 눈물을 채워야 하나 보다.

# 바위의 바람 소리

소한과 대한 사이의 바람 소리는
지난 여름날
매미의 못다 한 사랑 노래

문풍지 흔들며 찾아온 바람 소리는
정월 대보름
달님의 고독한 하소연

바위는 입이 없어 노래도 못 하고
바위는 손이 없어 연주도 못 하고
그래도 나오는 소리

들을 수 있을까
들어 주는 사람 있을까
같은 음은 절대 안 나오는 그 소리.

# 방치된 바가지

바가지란
물건을 담아야 하고
남에게 퍼줘야 하고
밟으면 깨져야 하고
긁으면 소리가 나야 하는 존재

바가지는 가정에서 소중하게 사용하였건만
가끔은 탈 바가지도 되고
똥 바가지도 되었는데
요즘엔 욕 바가지로 변신하기도

현대판 플라스틱 바가지는 쌀 바가지 물 바가지가 되었지만
아주 오래된 바가지 돌은
누구에 의해 여전히 활용되지 못한 채
조용히 기다리고 있다.

# 벼랑 끝 전술

할리우드 영화라면 재미가 쏠쏠할 것
그러나 당사자 되면
얘기가 달라진다
목젖에
칼끝이 닿아
당하기만 하도다

한두 번 통하다 보니 계속해서 써먹는다
그래도 당하는 건
한심한 정치인 때문
벼랑에
매달려 있어도
꿀 빨기에 정신없다.

# 붉은 돌의 비밀

누구의 피가 묻어 있기에
무슨 사연 전하고 싶은 의지가 있기에
저토록 붉은 빛을 띄고 있는가

인어가 흘린 사랑의 피눈물일까나
바닷속의 고래가 토하고 간 설움일까나
돌에 남겨진 슬픈 흔적이 궁금

알려 하지 말란다
지나가는 갈매기가 하는 말
비밀은 비밀일 때 더 신비스럽단다.

# 시루떡 교훈

맛의 조화
쌀가루만 뭉쳐 놓으면 무슨 맛
팥고물 호박고지
각기 다른 맛이 손잡고 어우러져야 한다

구분된 조화
뒤죽박죽 섞이지 않으면서도
멋을 보이는 모습
켜켜이 조직을 지키면서 단결력을 보인다

인간미의 조화
담 넘어 이웃에 나누어 주던
정이 스며들어
시루의 역할을 알게 모르게 강조하도다.

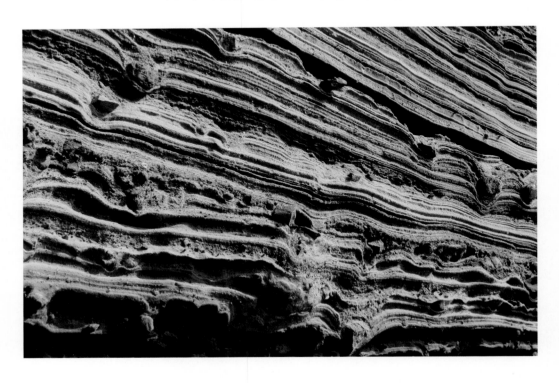

# 약한 기둥의 신세

바위 체면이 말이 아니다
크고 강함의 상징이어야만 하고
억세고도 질긴 영원의 생명력을 보여줘야 하는데
스스로 무너져 내리는 나약함

억년 비정의 침묵은 고사하고
내면을 폭발시키는 굉음이라도 내면 좋으련만
무릎 꿇는 소리
어쩌다가 바위 꼬락서니가 이리 되었단 말인가

돌로 만든 기둥은 만 년을 가고
나무로 깎은 기둥도 천 년을 버틴다고 한다던데
풍전등화 신세가 된 바위기둥이라니
세상 참 알다가도 모를 일이다.

# 용궁 행 옛 기찻길

흔적만 남은 기찻길
옛날에는 사회에서 문제가 되는 사람 있으면 모아서
열차에 태워 용궁으로 보낸 모양

누구였을까
원 웨이 티켓을 발급받은 자들
매번 1등 칸 차량 탑승 대상은 정치인이었다고 하는 듯

요즘 인간 쓰레기가 많이 늘어났다고 하니
철로를 보수해 용궁 행 열차를 다시 운행하면 어쩌랴만
관광객들이 몰려올까 걱정이로다.

# 용암 수석

수석이란 무엇일까
돌 중에서도 아주 특별한 돌을 말한다는데
이런저런 설명을 붙여 놓아도
진정한 수석이란 존재를 이해하기 쉽지 않을 듯

수석은 실내 감상용이기에 작아야 하고
반드시 한 개의 돌이어야 하며
자연에서 만들어진 것이어야 하기에 손질 더해지면 안 되고
아름다움의 정취가 느껴져야 한단다

그런데 용암으로 만들어진 수석은 인정 안 한다나
별로 갖고 있고 싶지 않은 돌이라서
그냥 단순하게 석질 약하다고
그럼에도 용암 수석은 거의 다 사라져버렸다니 웬일!

# 일출봉

저것이 바다에 떠 있는 큰 바윗덩어리
옛날엔 신비스러운 존재
이제는 바위섬의 낭만은 사라졌다나

관광객만 버글버글
바위 꼭대기에 올라가서 바다를 바라본다고 하여도
그 바다가 그 바다
떠오르는 태양도 늘 똑같은 모습

왜 큰 바위가 바다에서 솟아 올라왔는지
설문대할망이 빨래할 때 디딤돌로 사용했다고 하던데
그냥 그러려니 하자!

# 작은 구멍 통과

좁은 문으로 들어가기를 힘쓰라
신앙이면서도 철학

돌구멍을 통과해 들어가서
고승이 수행한 곳에 세웠다는 어느 암자

돌구멍도 돌구멍 나름
사람들이 쉽게 넘나들 수 있는 곳은 아니라고 하겠지

사실 작은 돌구멍은 식물이나 곤충만 통과하고
인간은 마음만 오고 갈 뿐이다.

# 주름잡지 마

종로를 주름잡던 사람은 깡패
정치권을 주름잡는 사람은 양아치들
큰 부동산 시장에서 주름잡는 것은 그림자더라

어느 누구나가 다 제 세상에서 주름잡고 싶건만
눈앞에 번데기가 없어서
못 할까

요즘엔 다리미 종류가 많고 많은데
주름 잡힌 마음을 펴는 다리미는 못 만드와
슬픔이 새긴 주름

얼굴 주름을 펴는 사람은 피부과 의사지만
인생 다리미질해 주는 사람 없고
부작용도 심하니 애초 주름잡지 말라고 한다.

# 주마간산

대충 그래요
뭐가 그래
정확히 알아도 못 고치는 주제에
제대로 보지는 않고
넘겨짚다니
아픈 사람 더 아프게 하는 인간아

대충 했어요
말도 안 돼
아니면 남 탓하고 넘어가는 심보
어쩌다 저런 인간들
온통 날뛰다니
아픈 국민은 누가 나서서 고쳐줄까!

# 진경산수

삼천 리 금수강산의 아름다움을 화폭에 담아
풍류의 어엿함과 여유를 보였고
자연과 동화되는 영혼도 숨겨져 있었다

험준한 바위와 부드러운 산봉우리가 조화를 이루고
너럭바위 사이로 흐르는 고운 물줄기
지질과 형세에 따라 필묵 조절의 묘미가 있었다

그런데 금강산을 못 가서일까나
아니면 실제 모습을 그대로 볼 수 있는 사진 탓일까
이제 진경산수화 그리는 사람 없다

그래서 바다가 흉내 내 보는 것일까
바위와 바닷물을 갖고 바다가 진경산수를 만든다
닮은 것 같기도 하고 아닌 것 같기도 하고.

# 펼쳐 볼 수 없는 책장

어느 분야일까
자연의 모든 이치를 기록해 놓았을 것 같은 책
그런데 책장을 펼칠 수가 없으니
있으나 마나

아니다
기술의 발달로 깊이 숨겨진 글자를 판독할 수 있기도 하고
투시력을 길러서 읽으면 될 것 같기도 하다.

화산쇄설층: 화산 폭발로 인해 발출된 크고 작은 암석과 모래, 그리고 화산재가 겹겹이 퇴적되며 쌓였다가 지표 밖으로 노출된 지형을 말하는데, 제주도 한경면 고산리 수월봉은 약 1만8,000년 전에 형성된 화산쇄설층이라고 한다. 2009. 12. 11. 천연기념물로 지정되었고 제주도에 있는 세계지질공원 중 특별한 의미가 있는 곳으로 지질학적 가치가 높다고 한다.

# 풍화혈

곰보 곰보 왕곰보
놀려봤자 돌은 꿈쩍도 안 한다

작은 구멍들을 어떤 용도로 사용하면 좋을까
피부를 어디다 쓰겠다고 하면 화내니

그냥 점잖게 불러주기만 하자
세월의 달인이라고

풍화혈(風化穴, weathering pit): 암석이 물리적·화학적 풍화작용을 받은 결과 암석의 표면에 형성되는 요형(凹型)의 미지형을 말한다. 암석의 표면에 나타나는 풍화혈의 종류에는 나마(gnamma), 솔루션 팬(solution pan), 포트홀(pothole), 타포니(tafoni), 그루브(groove) 등이 있다고 한다. 제주도의 경우 용암 속에 든 거품이 빠지면서 생긴 것이 주종이다.

# 화산탄의 표적

윙윙거리며 날아가는 화산탄의 탄착점이 있을까
예전 6·25 전쟁 당시의 소총 탄알은
소윗소윗 하면서 날아가 갓 임명된 소위를 맞췄다고
그랬는데 말이다

돌 대포에서 쏜 돌 포탄은 바위에 맞는 것이 아니라
나무를 맞춰 불을 일으키고
무성하게 형성된 푸른 숲을 태워버리는 일이 있었다고
동물들이 기억한다더라

그래서 화산탄은 여기저기 산에 많이 있었는데
이젠 산에서 찾아보기 어렵고
집안의 장식장이나 창고에 숨었다고 하니
새로운 화산이 폭발하면 그곳으로 찾아갈까 걱정된다.

# 추상석

# 갈등의 시대

세계는 민주주의와 공산주의
한반도는 대한민국과 북조선
국내는 여당과 야당

지금은 대립과 갈등의 시대

싸워야 빨리 크고
아픈 만큼 성숙해진다고 하지만
사회가 그렇게 되면 국민만이 고통이다

그래도
지나가리라
더 좋은 날 기대할지니!

# 구름이 좋아

그 뜨겁던 태양열도 솜사탕 구름 녹이지 못하고
날카롭기만 한 햇살도 엷은 구름 뚫지 못했으니
한여름 그렇게 고마웠다

가을엔 하늘을 더 넓게 쓰는 구름
여름엔 몸을 위로했지만 가을엔 눈을 즐겁게 하도다
그려주는 그림 내용 몰라도 좋다

한없이 부드러운 구름도 성깔 있음에
태양이 들볶고 바람이 못살게 굴면 폭발하지만
모두가 일순간임을 이해하리.

# 깊은 고뇌

저 달이 우리 동네로 떨어지면 어디로 피해야 하나
조선 시대엔 배고파서 어떻게 살았을까
비 오는 날 관광객은 불쌍해
태풍을 막는 방법은

별별 쓸데없는 고민

깨달음의 길은 고뇌와 번민이라 했더니만
쓸데없는 근심과 걱정이 웃음을 훔치게 하는구나

미소 짓게 하는 고민거리가 그립다.

# 노파심에서

호미로 막을 것을 가래로도 못 막고 있는가
항간엔 역병이 창궐하고 있는데
웬 놈의 쌈질이나 하고
집 타령해대고
그러니까 병균은 신나서 더 날뛰는 것 아닌가

먹을 것 있으면 모든 것을 정지시켜 보자
딱 한 달만
집 안에서 나오지 말고
길거리엔 낙엽만 구르도록 해 놓으면
병균도 심심하여 떠나갈 것 같다.

# 누가 파수꾼

이 평화로운 시대에 통제와 감시를 하다니
돈과 인력을 낭비하지 말라
먹고 놀고 하는 것이 행복이니라

무엇이라고
집안에 강도가 들어와 식구가 죽고 재산 강탈
나라는 도대체 무엇을 했느냐

불 꺼진 등대만 탓하랴
스스로 지켜야 한다는 교훈을 그리도 받았건만
여전히 하늘에 침만 뱉고 있도다.

# 뜨거운 태양열

꽃 피는 곳으로
봄나들이 가려고 했더니만
우물쭈물하는 순간 꽃은 다 떨어지고
목구멍이 포도청이라 할 일은 많은데 벌써 땀만 나다니

무정한 세월이여
엊그제가 한겨울 같았고
봄 꿈도 이제 막 시작되었는데
벌써 태양열이 뜨거워지면 곧 가을이 온단 말이다
인생 참 더럽게 빠르네!

# 망향석

눈앞에 아른거리는 저기 저 제비는
춘삼월 되어 다시 찾아온 것인가
처자식 거느리고 돌아가는 길인가

꽃 같던 청춘은 바람 빠진 풍선 되니
구름아 너라도 나 대신 소식 전해라

수평선 보일락 말락 저기 저 갈매기
가까이 다가오면 소식 들어 보련만
멀리서 끼룩대는 내용 어찌 알겠나

눈물도 말라버린 한숨의 신세라니
산마루에 휘감기는 뱃고동 구슬프다

# 먹는 것 조심

먹고 죽은 귀신이 때깔도 곱다더라
정치인이 좋아하는 말
그들은 말하는 입이 중요할까
아니면 창고인 배가 더 중요했을까

메뚜기도 한철이라는데
눈앞에 차려진 진수성찬을 어찌 외면하랴
음식 보고 등을 돌리면
삼대를 가난하게 산다고 하더라

그래서 먹고 또 먹고
그런데 입으로 음식만 들어가는 것이 아니라
독도 따라 들어갔으니
이제 땅바닥 구를 일만 남았다.

# 무슨 말을 하고 싶을까

이럴 땐 이렇게 하고
저럴 땐 저렇게 하고
경우마다 일일이 처신하는 방식을 가르쳐 주면 한이 없을 것 같고

알아서 잘하겠지
그냥 모르는 체하자니
걱정 반 근심 반이라 입이 근질근질해서 미칠 노릇

영감님,
시대가 변했으니
그냥 입 다물고 계세요!

# 묵언 수행

거리엔 온통 묵언 수행자들
근질거리는 입을 막기가 그리도 어려웠는데
코로나 역병의 크나큰 기침 소리에
저절로 입을 닫아 버리네

귓속을 파고드는 그릇된 소리들
한두 마디 반응하고 싶은 마음 오죽하랴만
수행이란 것은 마음이 매를 맞는 것이라기에
인내란 글자를 삼키고 있네.

# 바위 몬스터

마법이 풀리면
바위 많은 곳엔 무시무시한 괴물들이 마구마구 되살아나
전쟁은 시작되겠지

누가 누구와 먼저 맞붙을 것인가
궁금증 재미있겠지만
무법의 아수라장 갯바위가 은근히 걱정되기도 한다

싸움 구경하는 새들은 신이 나서 외쳐댈 것이고
시체 뜯어먹을 기대에 더러운 육식 물고기들 모여들겠지만
수많은 동식물은 피바다 오염을 두려워하겠지!

# 바위 이름

나 죽어서 바위가 되리라
그래서
모든 바위엔 당연히 이름이 있으련만
거의 다 이름 모를 바위들

이름 붙은 바위가 몇이나 될까
바위에 새겨진 이름도 바위 명찰이 아니기에
심기가 불편하겠지만
내색을 하면 바위가 아니겠지

비정의 억년 바위도 부서지고 깎이고
이름도 지워지고 바뀌고
찬란했던 시절의 이름은 모두 같아지니
그냥 바위.

# 바위산 넘어

굽이굽이 펼쳐진 바위산 너머엔
정글일까 사막일까
높이 나는 새에게 물어보아 무삼하리

궁금증이 없었다면 깨달음도 없으련만
알면 알수록 허상
생긴 모양은 담긴 그릇에 따라 달라지거늘

그래도 배워야 한다고 해서
산 넘어 찾아갔더니만 눈앞은 망망대해
세상은 넓구나!

# 발성 연습

배로 숨을 쉬어라
무슨 개뿔 같은 소리 하네
호흡을 폐로하지 어떻게 배로 한단 말인가

입을 크게 벌리고 멀리 던지듯이 발음해라
웃기네
소리가 공도 아닌데 어떻게 멀리 던지냐

볼펜을 물고 턱에 힘을 빼라
기가 막혀
턱에 힘을 빼면 어떻게 볼펜을 물고 혀는 어떻게 움직이나

발성 연습을 제대로 가르치는 것인지!

# 뿔의 용도

들이받아라
뿔은 두었다가 어데서 쓰랴

있는 것만으로도 상징이다
참을 만큼 참았다면
아니다, 그래도 참아야 한다

개뿔도 없다면 쥐죽은 듯 있어라
함부로 받으면 머리만 깨지니
우선은 뿔을 만들어야 하고
그다음 날카롭게 다듬도록 할지니

참아라
그런 후 과감하게 들이받아라.

# 생쥐 생각

크다는 것과 작다는 것의 차이는 무엇일까
기준은 또 어떻게 정할까
아주 큰 물체라도 작은 눈 속에 들어오면 더 작은 존재
허상과 실체가 혼동된다

힘이 있으면 좋기는 좋을 것 같아
고양이를 갖고 놀고 인간을 실험용으로 쓸 수 있다면
더 이상 슬픈 생쥐가 아닐 수도 있으니
도술을 익혀보고도 싶다

그런데 현실은 현실
저 멀리 떨어진 섬에 가서 혼자 살고 싶기는 하다만
배도 없고 수영할 줄도 모르니
다시 굴속으로 들어가야 할까나!

# 소곤소곤

철이네가 빚내서 아파트 샀는데
사자마자 반값으로 떨어지고 이자는 왕창 올랐데요
큰일이군

남들이 소곤대는 말을 알아들을 수 있다면
모래알이 소곤대는 소리
달과 별이 다정하게 소곤대는 전파음
몰라야 할 것을 알아듣는 사람이 문제였을까

매스컴과 정보통신이 너무 뛰어난 시대에 살아
이젠 소곤거릴 일 별로 없으니
허구한 날 휴대폰 바라보며 중얼거릴 뿐이다.

# 수구지심

고향이 어디메뇨
태어난 곳은 조산원 아니면 대학병원 산부인과
자란 곳은 아파트촌
돌아가고 싶어도 돌아갈 곳 없어라

보름달 뜨고 풀벌레 우는 소리 들려도
무감각
과연 지역감정 안 따지는 사회통합의 성공일까
근본을 잊어버린 돌일까

영원히 잊을 수 없는 꿈속의 고향이라 했건만
그런 고향 없다네
지금 이 순간 먹고 자고 하는 곳이 곧 내 고향
그렇게 되어 버린 현실

그냥 먼 하늘 바라보며 마음속 고향만 그려본다.

# 싸워라

저 섬에 사람이 산다  안 산다
사람 있는 것을 보았다  낚시꾼이다
낚시꾼도 사람이다  사는 사람 아니다
또 다른 사람도 있었다  해녀나 어부겠지
그들도 사람이다  잠깐 다녀갈 뿐이다
어쨌든 사람이다  사는 사람 아니다
가서 봤냐  그냥 알 수 있다
왜 고집부리냐  누가 고집부리는데
말이 안 통해  그럼 말을 말든지
알았어 다음부턴 말 안 해  그러던가

천년만년을 싸워도 키는 안 큰다.

# 와선 시간

아침 해 떠올랐다
일어나 밥이나 먹자

세상을 지배하였던
시간 멈추니
과거나 현재나
찰나에 불과하고
존재조차
있는 듯 없는 듯

누워서도 흔들린다
잠을 자는 것인지 와선을 하는 것인지
아니면 죽었는지
잡념은 여전한 것 같다.

# 욕심의 한계

너무 먹는 것을 밝히면
영원히 입 벌린 돌이 되어 버린다

탐욕은 삼독 중 하나요
7대 죄악 중 하나이면서 1차 죄악이라
인생을 망치는 첫걸음

그런데
나는 돈도 많이 벌고 젊게 더 오래 살아야 한다
이건 현실

먹고 죽은 귀신이 때깔도 곱다고 하더라
무소유
정답이 없다.

# 저 구름아

기왕 하늘에 떠 있을 땐
뜨거운 태양을 살짝 가려 주면 얼마나 좋으련만
멀리 비켜 가는고

하늘을 꽉 채운 먹구름은 구름이 아니라 할 수 있고
뭉게뭉게 두둥실 떠가는 구름이 진짜 구름
그냥 보기만 좋아서 그런 것 아니겠지

그래서 태양열이 심할 땐
직사광선을 살짝 막아주는 센스도 발휘해 보렴
고맙다는 말을 해 보고 싶어라!

# 존재의 가치

현재 있는 장소
반드시 있어야만 했을 이유가 있을까
왜 하필 지금
살아가면서 늘 궁금하기만 한 사실들은
그냥 그렇게 흐른다

이 세상에 나타나 존재하기에
분명 역할이 있으련만
알 수 없기도 하고
굳이 알려 하지도 않는 인간 있으면
돌이라고 해야 할까나!

# 탐욕의 한계

종교인과 철학자와 선생님들은
절대로 주식투자 안 하고 부동산도 없을까
무소유 실천의 모델

정치인은 다 괜찮다
마구 먹어대다가 돌을 씹어 이빨이 부러지면
잠깐 조심하다가
임플란트한 후 다시 먹어댈 것

죽을 때 죽더라도 먹어대자는 인간들!

# 편향된 시각

하찮게 보이겠지
배고픈 자의 눈엔 다 먹잇감으로 보이는 것은 당연
어찌 착시라고 비판하랴

눈이 두 개 있어서 내면의 직시가 가능하다면 좋겠지만
외형의 시력은 한계가 있기에
편향의 극복이란 지극히 어려운 화두

확증 편향은 누구나 즐거움과 만족을 주는 법
서로 다른 남녀노소의 시각처럼
모두 다 제각각이라는 것은 어쩔 수 없는 인간의 한계로다!

# 하늘 보기

무엇을 바랄 땐 하늘을 보았다
가뭄이 지독한 시기엔 하늘만 우러러보았고
주야장천 구름만 끼어 있어도 하늘을 바라보게 되었다

하는 일이 잘 안 풀릴 때마다 하늘을 올려다보았고
운명을 원망할 때도 멍하니 하늘만 노려보았다

그런데 정작 봐야 할 때는 안 보게 된다
스스로 눈을 가려서!

# 하염없이

어제가 있었으니 또 내일도 있겠지
그리움이란 기다릴수록 더하다고 했지만
더 달리 어찌할까나

하염없는 기다림
흐르는 눈물은 바닷바람이 즉시 말려 버리고
목 놓아 우는 소리도 파도가 지우니
이대로 등대나 되어볼까

이젠 외로움이 무엇인지도 모르기에
갈매기가 왔다 가고
배가 지나가도
무상의 진리만을 생각하게 한다.

# 호기심

멀리 보고 싶으면 목을 빼서 보고 싶을까
기웃기웃
반짝이는 눈은 진리의 탐구열이라 할 수 있어라


세계에서 가장 호기심이 많은 민족
한국인
단순한 궁금증이 아니라
사물에 대한 진리를 규명하고 싶은 지적 호기심
그래서 한국이 빨리 발전한다고
누군가 말했다고 한다.

그래서 우리는 늘 두리번거리는 것일까!

# 마을 돌

# 겨울 돌담길

시루떡 한 접시 들고 이웃집 놀러 갈까
점순이 언니도 돌쇠 엄마도 오겠지
마실 가는 길은 언제나 설렘
버선발에 고무신 분명 바르게 신었는가
오늘 들을 얘기책 전설이 궁금하여라


고구마 한 접시 들고 동서네 놀러 갈까
큰동서 반기고 작은 동서도 오겠지
마실 가는 길은 하루의 행복
눈에 덮인 돌담이 마냥 곱고도 멋지구나
오늘 정할 겟놀이 얘기가 기대되어라.

# 눈 쌓인 대나무 돌담길

겨울에도 푸르르면 철모른다고 할까나
시골의 상징인 돌담길 곁에서
오는 분들 환영하는지
웅지 품고 나가는 마을 사람에게 교훈을 심어주는지

너무 곧아서 절개의 상징이라고 하지만
마을 돌담길의 대나무는 유연성
바람 따라 춤 줄도 알고
담장에 살짝 기대서 손을 흔들 줄도 아는 듯

흰 눈이 가득 내려 쌓이면
푸른 빛이 조금은 민망스럽기만 할 것 같은데
검은 돌담과 벗하며
계절과 세월의 흐름을 강조하는 것 같기도 하다.

# 담 쌓기 갈등

거리를 두랬더니 아예 담을 쌓는구나
인심은 사라지고 찬바람만 휘감는다
어쩌다 이 지경 되어
인간관계 끊나니

담쌓기 시작하면 마음도 얼게 된다
얼음은 녹겠지만 상처는 오래갈 것
담장이 허물어진 후
부끄러움 어떨까

역병이 발생할 때 방역을 내세우며
무심코 쌓아 버린 높은 담이
우리 사이 멀어지지 않도록
노력해야 할 시간.

# 당신이 된 바위

천지왕 삼승할망 초공 이공 삼공 차사 세경 칠성
무슨 귀신 씻나락 까먹는 소리
그게 아니라 동네의 당신 바위가 심방을 시켜서
대신 울게 하도다

제주의 본풀이는 당신의 내력을 담은 본풀이로
송당 궤눼기당 일뤳당 여드렛당
바위에 들어가기도 하고 나무에 걸리기도 하고
점잖게 집안에 앉아 있기도 한다

무당의 중얼거리는 소리는 통역이 가능할까나
당에서만 통하는 언어
머언 먼 태곳적의 진리가 담겨 있다고 하던데
함부로 흉내 내면 안 되겠지!

# 돌담길 돌아가며

개 짖는 소리는 까마득한 옛이야기
바람도 조용히 지나갔을까
새들도 숨을 죽이고 있는 어느 동네 돌담길

손수건 흔드는 순이가 있었던 것 같기도 한데
그냥 가자
가는 휘파람이라도 기~~일게 나와 주웠으면 좋으련만

절대로 뒤돌아보지 않겠다고 다짐 또 다짐을 했노라
정이란 무엇인지
자꾸만 곁눈질해대는 마음이 간사스러워!

# 동네 목욕탕

누가 더 물속에 오래 들어가 있을까
입술은 파래지고
피부는 오그라들었던 시합

한 여름철에 맛보는 차가운 물의 낭만은
이제 없다

온천 아닌
용천수로 만들어진 동네 목욕탕이
여전히 존재하건만
목욕하는 동네 사람은 없고
지나가는 나그네가 손을 담가 볼 뿐.

제주도 바닷가 마을에는 동네마다 목욕탕이 있었다. 개인 집에서는 물이 없기에 용천수가 나오는 곳
에 남탕과 여탕을 분리해서 돌담을 쌓아 목욕탕을 만들어 놓고 물을 길어가는 동시에 사시사철 목
욕을 할 수 있게 하였다. 이제는 목욕하는 사람은 없고 빨래를 하거나 채소를 씻는 모습을 가끔 볼
수 있을 뿐이다.

# 마실 가던 길

새들도 모여들고 쥐들도 모여들던 이웃집
오늘은 무슨 얘기 궁금증에 가슴을 여민다
설거지 대충대충 행주치마에 손 닦기 바쁘고
고무신 벗어질세라 끌며 가던 시골 마실 길

길고 긴 겨울밤 동네 사람 다 모이던 사랑방
고구마 반 쪼가리 건네는 인심에 배가 불렀다
누구네 집안 사정부터 도깨비 전설로 이어지고
언제나 살뜰한 정이 가득했던 고향 마실 길

# 마을 상징물

옛 동네 둥구나무
팽나무나 느티나무 같은 마을 입구의 나무가 상징물이었는데
이젠 개발로 거의 다 사라지고
대신 식당 이름

성황당 같은 돌무덤도 어느 마을의 상징물이 되었다가
무술이라는 종교적인 이유로 폐기되어
아파트만 즐비하게 늘어선 도시
정이 있을 리 없어라

새로 생긴 동네에 멋진 큰 돌이라도 하나 세워 놓으면
그나마도 얼마나 다행일까나
동네 사람들의 모여진 화합과 단결의 희망은
꿈이로다!

# 마을 표지석

어느 마을을 지나며 보았던 표지석
자연석이었을까
피부를 매끈하게 깎은 것 같기도 하고
요즘엔 인공으로 만들 돌이 더 정교하다고 하던데
잘 기억나지 않는다

동네 입구에선 길 안내
산봉우리에 서서 호연지기를 기른다고 하던가
어느 지점의 역사를 기록하기도 하고
무덤 앞에서는 침묵
돌은 주어진 임무를 충실히 수행할 뿐이다.

# 맷돌 이야기

맷돌을 갈면 무슨 이야기가 나올까
소금이 나온다는 동화 얘기
늙은 호박 돌리기
마나님 동성연애 풍문은 왜 거기서 튀어나오는가

맷돌을 돌리면서 부르는 노래엔
삶의 고난과 힘든 일에 대한 여인네의 눈물이 스며 있어
담 넘는 슬픈 곡조가
지나가는 나그네의 고개를 숙이게 했노라

그러면서도 힘을 내고
슬픔을 해학으로 풀어내는 것이 바로 맷돌 돌리기라면서
맘에 안 드는 대상은 씹고 갈았는데
이젠 사라져버린 맷돌이 그립다고 해야 할까나!

# 물속의 물

눈으론 같아도 입에선 다르다고
피부는 받아도 몸속은 거부하니
구분을 해야만 사용이 가능함에
민물과 바닷물 만나지 못한다네

민물이 흘러서 바다로 들어가면
모두가 바닷물 민물은 없어지매
민물의 유익함 민물만 보호하니
차단된 바닷물 민물을 질투할까

용천수: 땅 밑에서 지표면으로 솟아 나오는 물로 지하수가 암석이나 지층의 틈새를 통해 뚫고 나온
다. 제주도의 용천수는 주로 바닷가에서 솟는데 어느 곳엔 땅에서 조금 떨어진 바다 안에서 나오기
때문에 민물이 바닷물과 섞이지 않도록 돌담을 쌓아 보존하는 경우도 있다. 용천수는 식수를 비롯해
생활용수로 사용하며 부락마다 목욕탕도 만들어 놓고 있다.

# 밭담에 붙은 눈

칙칙한 검은 색깔 감추려 도와주려는가
움푹 팬 피부가 안쓰러웠는가

그러거나 말거나
돌담 사이 숨구멍은 막지 말아 줘

밭일하는 농부가 일터 안 나온 사이
은근슬쩍 돌담에 분가루 바르네

영혼 담은 벽화라고 억지 부리면 안 돼
금세 말없이 떠나가 버릴 미움아

그래도 잠시나마 밭담을 사랑해 주었던
잊지 못할 그대 하얀 눈이여!

# 불 꺼진 도대불

캄캄한 첩첩산중 길을 잃었는데
멀리 보이는 불빛 한 점
여우의 눈빛일까

망망대해의 어선 한 척은
왜 어두운 밤에 돌아와야만 했던가
길 없는 바다

이젠 불빛이 너무 많아 어디로 가야 할지
도대불에 남아 있는 솔칵은
여전히 불안하다.

도대불: 제주 지역에서 야간에 배들이 항구를 드나들 때 무사히 운항할 수 있도록 항구의 위치를 알려주는 역할을 하였던 민간 등대로 도대불 또는 등명대(燈明臺)라고 불렸다. 해안에 암반이나 암초가 많아 천연 포구가 발달하지 못하고 소규모의 포구가 많은 제주도에서 전기가 각지의 마을에 보급되어 현대식 등대가 곳곳에 설치되기 전까지 어촌 주민들이 자발적으로 조성한 도대불이 그 역할을 대신하였다. (두산백과)

# 사라진 반상회

무슨 무슨 날이면 동네에 떡을 돌렸는데
이젠 옆집에 누가 사는지조차도 모를 정도
강아지 소리는 들린다

예전엔 꼭 필요한 소식을 들을 수 있었고
서로 잘 있나 얼굴도 확인
품앗이 요청과 같은 상부상조의 기회가 있었다

그러나 이젠 통제 같은 느낌이 싫고
선거에 악용될까 금지까지
이런저런 이유로 있는 듯 없는 듯해진 반상회

세상은 변해간다.

# 사람과 멀어지는 돌

이제는 집안에서 돌을 찾아보기 어렵다
그렇게도 친했던 돌
가끔은 돌에게 미안한 마음을 가져야 할까나

자연과 가깝게 지내야 했기에
돌그릇을 비롯해 이것저것 돌로 만든 생활용품을 쓰고
추운 날엔 따끈한 구들장 위에서 잠을 잤다

오죽했으면 석기시대란 말이 나왔을까만
돌과 사람의 관계는 떨어지려야 떨어질 수 없었음에도
필요 없으면 버려 버리는 것이 인간

아직도 우리 몸에 가장 가까운 것은 역시 돌이기에
늘 붙어사노라고
반지의 보석을 가리키면 웃어주어야 하겠지!

# 삭막해진 돌마을

참으로 정겨운 동네였는데
시루떡 찌면 집집이 한 접시씩 돌려먹었고
돌잔치 환갑잔치 끊이지가 않았으며
겨울날엔 밤마실 가서 하하호호 놀았는데

코로나 역병이란 불청객이 찾아올지 모른다며
돌조차 떨어져 있어야 하고
동네 사람들 얼굴마저 잊어버리게 생겼으니
촌장님만 더 불쌍하구나!

# 쉬고 있는 밭담

겨울엔 밭이 쉬어야 소도 쉬고
대신해서
삭풍을 막아주는 밭담의 헌신
눈도 포근하다

봄이 오려면 멀었을까
세상이 어렵고 삶이 힘들 땐
겨울의 밭담 밑을 파서
새싹을 보고 싶어라.

# 연자방앗간 주인

소를 팔았다.
어느 날 가만히 앉아있는 모습이 미워 보인 소
방앗간 최고 일꾼인 줄 모를까마는
쇠죽 끓이기도 싫어서

대신하여 연자방아 돌리려니 꿈적도 안 한다.
곡식 빻으려는 줄을 서 있는
동네 사람들
곁에 있는 버드나무 가지 꺾어 회초리 칠까 두렵다

소가 필요 없는 물레방앗간이나 운영할걸
마을의 계곡에 물이 흐르지 않는 탓을 해보지만
우선 당장 소가 없으니
연자매를 돌릴 로봇을 만들어야 할 것 같다.

# 울담의 휴식 시간

겨울잠을 자는 동물도 있고
나무는 잎을 다 떨군 채 참선에 들어갔으며
눈 온 날엔 사람들도 집안에서 도란도란
겨울엔 쉬어야 한다고

울타리 담도 별로 할 일이 없으니
같이 쉬어야지
흰 눈이 쌓여서 집과 밭의 경계선은 더 뚜렷
도둑은 감히 누가 넘나들랴

가끔은 바람이 찾아와 못살게 굴지만
모르는 척 반응 안 하면
재미없다면서 그냥 지나가 버리니
조용한 휴식 시간 이어진다.

# 원담에 갇힌 물고기

다음 밀물 시간이 언제일까
그때까지 살아남을 수 있을까
어쩌다가 물 때 걱정하는 물고기가 되었나

몰랐다
먹을 것 있을까 하여 접근하며 재미있게 놀았는데
썰물이 되고 보니 나갈 길이 막혔다
이런 젠장

누굴 탓하랴
어부가 배탈 나서 반나절만 누워있으면 좋으련만
눈물을 흘릴 줄 모르는 물고기는
살아남아도 또 걸릴걸!

원담: 제주도에서 전통 고기잡이 방법으로 사용한 돌로 만든 그물이다. 해안가 특별한 지형을 이용
해 돌로 긴 담을 쌓아두면 밀물 때에 들어온 물고기가 썰물 때 이 돌담에 갇혀 빠져나가지 못한다는
점을 이용해 물고기를 수확하는 전통 어로 방법으로 서해안에서는 독살이라고 불렀고 한자로는 석
방렴이라고 하였다.

# 인어의 불턱

물속에 있을 때는 추운 줄 몰랐는데
밖으로 나와보니 세상이 다르더라

잠깐만 불 쏘이다가
용궁으로 다시 돌아가야 하건만
모닥불 곁을 떠나기 싫으니 어쩌란 말이냐

인어야 정신 차려라
물고기 굽는 냄새 맡은 인간이 몰려올라!

불턱은 해녀들이 옷을 갈아입고 바다로 가기 전 잠시 준비하는 곳이고, 또한 물질하다 나와서 언 몸을 녹이며 휴식하는 곳이기도 하다. 보통 돌을 쌓아 벽을 만들고, 가운데에 모닥불을 지펴 몸을 따뜻하게 할 수 있다. 또한, 해녀들이 이야기를 나누고 물질 방법을 가르치기도 하였으며 채취할 해산물 정보 교환도 했지만, 요즘에는 현대식 탈의장이 생기면서 불턱을 이용하는 경우는 완전히 사라졌다고 한다.

# 잣성길 걸으며

천천히 가야 하는 길
말도 그랬고 노루조차 뛰어가지 않는 길
숲속 돌담 옆으로 놓인 길은
느림의 미학이 숨어 있다고 하던가

삼나무 향기 속으로 빨려드는 듯
이젠 말도 노루도 보이지 않고
풀벌레 소리마저 땅 밑으로 스며 들어가니
꿈으로 펼쳐 친 그림자 길이로다.

잣성길: 제주도 중산간 지역에 만들어진 목장 경계용 돌담을 잣성이라고 부르는데 삼나무 숲으로 우거진 남원읍 한남리의 '머체왓 숲길'과 서귀포시 서홍동의 '치유의 숲길' 등은 숲의 돌담을 따라 잣성길로 조성해 놓은 곳이다.

# 전설의 절부암

이승에서 못다 한 사랑 저승에선 이루런가
기다림이란 희망조차 없어
목을 맨 나무 아래
낡은 갈옷 헤엄이 도와 영혼 되어 만나도다
슬픈 사연 새겨진 바윈
영원토록 변함없다네

용수마을 강사철 농부가 차귀도에 갔었는데
겨울 바다 사라진 테우
돌아오지 못할 적에
시신 찾던 고순덕 아내 순애보를 남기도다
아름다운 차귀도 일몰이여
이들 사랑 기린다네

절부암(節婦岩): 제주시 한경면 용수리 바닷가 언덕에 있는 바위로 열녀 고 씨의 절개를 기리기 위해
마련한 열녀비(제주기념물 제9호)가 세워져 있다.

# 정원의 장식물

정원에서 가장 중시되는 주인공은 누구일까
나무냐 꽃이냐
동양에서는 정자가 있어야 운치가 있었지만
서양에서는 기하학이 우선이었다

정원엔 연못이 꼭 있어야 할까
물이 있어야 분수도 만들고 식물도 먹고살겠지
물이 있으면 돌이나 바위도 있어야 하니
역시 조화가 필요하구나

정원은 사람이 없으면 무용지물일 것
누군가는 보아주고 거닐고 해야 가치가 있는데
언제나 사람이 있을 수는 없으니
그 역할을 돌이 하나 보다.

# 제주 오벨리스크

태양이 없었다면 인간이 있었을까
동물과 식물조차 햇볕은 생명이니
태양을 경배하라 감사를 표명하라
하늘은 보고 있다 인간의 간사함을

제주엔 신이 많아 더불어 살면서도
하늘은 무서워서 바닥만 보았는데
새로운 넓은 세상 신들도 알아채곤
해와 달 찬양하며 방첨탑 세우도다

* 오벨리스크: 고대 이집트 왕조 때 태양 신앙의 상징으로 세워진 기념비를 말하는데 파라오의 통치 당시에 거대한 돌을 깎아서 건립한 보물을 프랑스가 하나 가져가서 루브르 박물관 앞에 세워 놓기도 하고 미국도 모방하여 워싱턴에 세워 놓았다. 제주는 깎은 돌이 아닌 자연석을 돌문화공원에 세워 놓았다.

# 제주의 밭담길

오감을 열어 놓고 걸어 보아요
제주의 유채밭에 봄이 돌아와
벌 나비 동무하며 손짓하는데
모른 채 외면하면 안 되겠지요

콧노래 부르면서 걸어 보아요
마늘밭 대파밭과 갈아 놓은 밭
건강을 준비하라 알려 주는데
바쁨을 핑계 대면 바보 같지요

친구와 수다 떨며 걸어 보아요
상큼한 바다 내음 시골 향기에
세상일 잊는 순간 행복 있으니
바람을 붙잡고서 따라가지요.

# 지역 민심

웅성웅성
쑥덕쑥덕
무슨 이야기가 오고 가는가

언론과 정치권에서는 늘 여론과 민심 파악한다는데
허공의 뜬구름 잡기
왜 자꾸 뒷말이 무성하게 흘러나오는가

한 사람 말을 듣고
동네 사람들의 뜻이라고 해석하는 정치 세상
골치 아픈 군중심리

그런 게 사회라고 한다면 할 말 없도다.

# 흑룡만리

검은 용이 꿈틀거리며 어디로 가는가
주민들의 밭을 보호해 주기 위해 바람을 막아주고
물도 머금었다가
필요할 때 뱉어 줄 것 같기도 하다

억만 개 검은 비늘이 살아서 붙어 있는 듯
끝없이 이어지는 밭담의 이야기는
어느 날 토막 나더니
이젠 역사책에 숨었다고 하더라.

흑룡만리: 제주도의 밭담과 돌담을 전부 이으면 중국의 만리장성보다도 10배 이상이나 긴 길이로 연결된 모습이 살아 움직이는 흑룡 같아서 '흑룡만리'라고 불리기도 한다. 2014년 유엔 세계중요농업유산에 등재되기도 하였는데 기록상으로는 2만2,000km라고 하지만 농촌에도 펜션을 비롯한 많은 건축물이 들어서고 구획 정리 등으로 인해 거의 단절되어 가고 있다.

# 제7장
# 바다 돌

# 1초 폭포

물은 늘 그 물이 아니더라

빨리 떨어지는 물
느리게 떨어지는 물
그 물은 그 물이 아니더라

한꺼번에 많이 떨어지는 물
조금씩 나뉘어 떨어지는 물
물이야 다 물이지만 그 물이 그 물만은 아니더라

시작도 같고
결과도 같아지지만
중간의 과정에서는 그 물들이 다르더라

모든 물의 순간은 다르기만 하더라.

# 가마우지의 좁은 땅

넓은 바다 좁은 땅 그것이 주어진 환경
잠시 잠깐 사는 곳 그래도 편안한 여유
넓은 땅의 인간들은 불만족투성이라니
이상하다 이상해 욕심이란 그런 것인가

좁으면 좁은 대로 그것이 우리네 형편
갈매기 들어와도 앉을 자리 내어 주는데
남의 땅 빼앗으려는 인간들 바라다보니
이상하다 이상해 바보라서 그런 것인가

더럽힌 곳 청소하고 젖은 곳 말려주는
파도와 바람에게 언제나 큰절하는데
자연을 지배하려는 인간의 자만심 보니
이상하다 이상해 망하려고 그리할까나.

# 가을날의 갯바위

누가 생각날까
푸른 하늘에 파란 바다를 바라보는
단풍 든 마음일까
이제 인어공주는 안 찾아온다고 해도
그리움을 심어 놓는다

누군가가 바다 요정을 보았다고 해서
낚시꾼도 오염시키지 않으려 접근 자제한 갯바위
행여 가을날엔 볼 수 있으려나
가슴 조마조마
여름과 겨울 사이가 너무 짧구나!

# 갈 수 있을까

아니야 가면 안 돼
그냥 멀리서 바라만 보아야 그리움이라고 했지 않은가
아무리 애가 타도 참아야지

바다가 험난한 파도를 만들어 못 만나게 할 땐
당연히 그러려니 했는데
잔잔하고 고요한 수면이 펼쳐지니 더욱더 조바심

어차피 못 가는 처지라서
가서 만나면 큰일이 일어날 것이라는 스스로 위안에
가슴이 아리다.

# 갯바위 수업

오늘은 바다 환경 유지에 대해 공부합니다
바다는 여러분들이 평생 먹고 살아가는 터전이기에
언제나 깨끗해야 합니다

똑바로 들어요
저 뒤에 딴짓하는 것 좀 봐라
앞에서는 잘 듣는데 뒤에 있는 것들은 꼭 말썽

오늘부터 작은 물고기는 절대 잡아먹지 말고
아무 곳에서나 함부로 싸지 말 것과
늘 몸단장을 강조합니다

종족이 다르다고 서로 편 가르지 말고
노래 연습도 너무 시끄럽지 않게 화음을 유지하며
아름다운 바다가 되도록 서로 노력합시다
이상!

# 갯바위 틈의 땅나리

먹고살 만한 곳에 자리 잡아야 하는데
흙이 있나 물이 있나
어쩌자고 황량한 갯바위 틈바귀 살면서 꽃도 피우니
무슨 사연 있을까나

강인한 생명력이 무슨 잘못
하늘 바라보기 부끄러운 짓을 했을 리 만무요
더러움이 없는 존재임에도
온종일 고개 숙여 기도하는 정성

아무리 작은 키라지만
폭풍이나 큰 파도 한방이면 사라질 것 같은 위기감
그래도 오로지 일념 정진
개미와 집게가 대낮에 길 잃지 말라고 불 밝혀주려는가!

# 검은 갯바위

내면이라도 하얀 백지라면
겉이 검을 뿐만 아니라 속까지 검어야 한다니
누굴 탓해야 하는가

태양이 너무 태웠기에 까만 재로 뭉쳐졌을까
파도가 너무 때려서 시커먼 멍투성이
아프고도 슬퍼라

그래서 흘리는 눈물은 흰 마음의 표현
피가 나도 하얀색
가끔은 흰옷 입은 갈매기도 반갑구나

검정은 모든 빛을 흡수하는 색으로
힘과 권위도 있고 신비감을 준다고 하지만
바닷가에선 아니고 싶어라!

# 고난의 갯바위

아프다
꽃으로도 때리지 말라 했거늘
모진 파도에 얻어맞는 바위 마음 오죽하랴
아프다고 소리 지르고 싶건만
입을 잃어버렸다

슬프다
움직이지도 못하는데
때리는 곳만 계속해서 때려 대는 파도의 성질머리
반항 한 번 못하고 하얀 피만 흘릴 뿐이다

서럽다
아픈 만큼 성숙해진다고 하지만
너무 오래 아프면 못 일어날 것도 두렵거니와
맞고 살아야 하는 지금 당장이 서글퍼
눈물 폭포가 흐른다.

# 고독의 바위섬

주인이 누구일까
문패가 있었던 것 같기도 하지만
바다가 인정 안 해 주니
태양이 뼈를 삭히고
파도는 부스고
바람조차 가루로 날려 버렸는지
망망대해 무주공산

누가 말했던가
먼저 먹는 놈이 임자라고
외로움도 좋다
무한정 기다릴 수도 있나니
날개가 고장 난 새는
고독조차 나누기 싫은 욕심이어라
사랑 따윈 사치라고.

# 고립된 정자

찾는 사람 하나 없는 바위섬에서
우두커니 서 있어 본 적 있나요

바닥에선 파도 떼가 성깔을 부리고
하늘엔 천둥소리 시끄럽게 하더니
허공을 휘감아대는 바람의 심술과
수직으로 내리꽂는 빗줄기 무서워라

그래도 억척스럽게 버티고 서있어야
어부와 해녀를 지켜준다고 하겠지요

이곳에 찾아와서 위로해 주세요
사람이 그리운 바위섬의 정자랍니다.

# 궁금한 섬

저 섬엔 누가 살까요
아무도 안 사는 무인도라고 하던데

동물은 살고 있을까
있었으면 벌써 굶어 죽었을 거야

요즘엔 바닷가에 고양이들이 많이 있던데 저 섬에도 있을 것 같아요
글쎄 그럴까

우리 한번 가 보면 안 될까요
그러지 뭐
당장 부두에 가서 건너가는 배편이 있나 알아보자고.

# 더 기다려보자

조금 더
조금만 더
그러던 것이
어느덧 천년만년 흘렀던가

빨리 돌아오고 싶은 사람 마음은
얼마나 더 애간장 탈까
기다리고 있다는 것을 알고 있기에
마음만 더 급하겠지

우리는 흔들리지 않고 편하게 기다린다
바람도 파도도
세월조차 우리를 어쩌지 못하니
이렇게 돌이 되었어도 좋다.

# 따개비의 놀이터

고래야, 거북아, 미안해
선장님 죄송합니다
모두가 바위인 줄 알았다네요
그래도 사과할 줄 아니 어떤 인간들보단 낫다

우기면 된다
조개가 그러면 되냐고 힐책하면
슬쩍 조개인 척하고
움직이지도 못하는 것이
아무 곳에나 달라붙는다고 욕하면
딴짓하며 못 들은 척 순간을 넘기면 된다

내로남불이 뭐 따로 있나
보이는 곳은 모두 다 우리들 놀이터로 만들자
떼로 모여서 놀면 마냥 즐겁다.

# 멀리 보기

눈을 크게 뜨면 보일까
큰 소리로 부르면 들릴까
바닷가에선
언제나
까치발 선 발가락만 부르르 떨린다

넓고 넓은 바다를 바라볼 때
1cm 높다고 얼마나 더 멀리 보이랴만
마음만은 수만 리가 내려다보이니
세상이란 다 그런 것.

# 무인도 바라보며

차라리 안 보이면 궁금증도 없으련만
왜 눈앞에 아른거려
한평생 신경 쓰게 하는고

어떤 보물이 숨겨져 있는지 무슨 상관이랴만
인간이 접근하면
괜스레 조바심 나는 것을 어찌하리

풀과 나무가 있는 곳이라서 동물들도 살겠지
동물로 변한 사람도 있을까
알고 나면 재미없고 모를 때가 가장 좋아!

# 무한한 동경

아무리 바라다보아도 싫증 나지 않아요

구름이라도 있는 날이면
그 구름 위에 앉아 좀 더 멀리 볼 수 있다는 동경
그냥 행복한 순간이고 싶어요

그리우니 기다릴 수 있다고 하나요
꿈꾸는 자유란
바로 이러한 연모가 아닐까 한다네요

그래서
늘 설렘 속에 살고 있게 되지요.

# 바닷가 쉼터

공공장소는 그래야지요
아무도 사용하지 않은 것으로 보이는 공간

편하게 쉬세요
그리곤 흔적은 그림자도 남기지 말아요

마치 바닷바람이 다녀간 듯

내 마음 놓고 왔나
다시 찾은 곳

깨끗이 청소해 놓은 바닷바람에게
혹시 버려진 추억 쪼가리 못 보았냐고 물어보는
빛바랜 청춘!

# 바위 세척

늘 갈고 닦아야 한다고 하여
주야장천 허구한 날 깎이도록 씻었건만
근지러움 여전한 건
세제 탓일까

끊임없는 수행을 하고 또 하라 했더니만
껍질만 씻고 있었구나
마음 깊숙이 티끌이 꽉 차 있으니
아무리 씻어도 더럽겠지

얼마나 더 정신 수련을 해야 할까나
명상을 시작한 지 수십억 년
바위는 파도가 끊임없이 씻어 준다 하여도
이끼에게 몸을 내어 주리라.

# 바위섬

멀리서 바라보기만 해야 한다, 그 섬
해녀의 노래일까
무슨 음악 소리가 난다고도 하던데
그냥 상상만 하란다

아주 단단한 바위섬
깊고도 깊은 뿌리를 갖고 있어서
바람이 아무리 불어도
파도가 아무리 몰아쳐도 흔들리지 않네

누가 살고 있을까
더욱 궁금해지는 저곳에 가 보고 싶건만
막상 알면 실망할까 봐
눈인사만 하고 돌아서야 하누나!

# 바위와 홍합

한 번의 인연은 영원한 사랑
지독한 애착이지만
결코 지저분하게 끈적거리지 않고
재혼은 없으며
떨어지면 곧 죽음

홍합이 그러거나 말거나
바위는 여전히 침묵
붙어 있다가 떨어져 나간 자리의 상처는
바닷물이 소독해주니
무정한 것은 세월이란다.

홍합(紅蛤): 참담치라고도 불리며 바위에 붙어 서식하지만, 우리가 먹는 것은 남해안에서 주로 양식하는 것이다. 홍합은 족사(足絲)라는 물질을 내어 바위에 부착해 살고 있는데 접착력이 강해 강제로 떼어내면 바위 표면이 부서질 정도이지만 끈적임이 없이 물속에서도 붙는 성질이 있어 인체 내 장기 상처 치료제와 수술 흉터 제거 접착제로 개발했다고 한다.

# 섬의 크기

작으면 얼마나 작고
크면 얼마만큼 커다란 바다의 섬이 되어야 할까나
그냥 상징물

호주 같은 대륙도 본래 바위섬이고
새 한 마리가 앉아있는 작은 여도 바위섬이지만
인정 안 한다

바위섬
누군가 상시 살아야 섬이라고 해야 한다면
그 주인은 누가 될까

바다 가운데 풀과 나무가 거주하는 요즘의 바위섬엔
이름도 붙었고 번지수도 있기에
파도와 바람만이 크고 작음을 따지고 있다고 한다.

섬(島)이란 한자 풀이로 바다에서 새(鳥)가 앉는 산(山)을 의미하는데 사람이 살 수 있는 곳을 말하며 육지 일부로 인정(나무와 물이 있는 장소)되는 곳으로써 국제수로기구에 따르면 섬이 되는 기준은 만조일시 크기가 10㎢ 이상 사면이 바다로 둘러싸인 육지이고, 그 이하는 암초(巖礁)라고 한다.
도서(島嶼): 크고 작은 온갖 섬을 망라하는바 한자로 구분하기도 한다.

# 시원한 청소

도시 생활
마음속에 묶은 때가 너무 많이 끼었고
피부엔 먼지가 깊숙이 박혀 있네요

파도가 깨끗이 쓸고 닦아준다고 하던데
어디로 찾아가면 좋을까요

그렇지만 너무 심하게 닦아 내지는 마세요
가루가 될까 걱정!

# 심심한 갯바위

바닷가 갯바위가 아무리 무료하다고 해도
절대 해서는 안 될 말
심심해

바다 깊숙이 숨어 잠자고 있던 파도는
심심해 소리만 들리면
득달같이 달려가 귀싸대기 올려 패 버린다네

잘 알면서도
움직이지 못하는 갯바위는
자유분방한 파도가 너무나도 그리울까

몸이 근질근질한 날에는 목욕이 필요하다며
심심해 심심해
자꾸만 파도를 부르고 있나 보다.

# 약한 놈만 골라 때리냐

힘세고 무거운 존재는 그냥 모른 척 지나치고
작고 약하다고
언제나 만만한 놈만 골라 때리는 파도야

도대체 누구한테 배웠단 말인가
심심하면
먼바다에 나가서 고래하고나 실컷 놀아 보렴

육지에 가깝게 접근할 땐
새색시 같은 조용조용하고도 가벼운 발걸음
살짝 안마만 해주려무나!

# 어리굴 애착

영혼조차 바위 속으로 들어가 있다네

바위를 사랑했기에
한 번 붙으면 몸이 가루가 될 때까지
절대로 떨어지지 않는 집념

너무 작아서
가장 큰 바위에 의지해 살아야 했던가
슬픔을 갈무리하는 지혜

정녕 바위 생각은 해봤을까!

어리굴: 바다의 우유라고 불리는 굴은 참굴, 굴조개, 석굴 등으로 불리며 한자로는 석화(石花), 모려(牡蠣)라고 쓴다. 그런데 양식으로 굴을 많이 생산하게 되자 바위에 붙어 자라는 작은 굴을 어리굴이라 하고 아주 크게 개발시킨 굴을 석화라고 부른다. 겨울철 보양식으로 손꼽히는 굴 생산은 한국이 1위라고 하며, 서산의 자연산 어리굴젓은 진상품이었다.

# 원거리 대화

뭐라고
잘 안 들려
울지만 말고 다시 한번 천천히 말해 봐라

살다 보면 험한 일 많이 겪게 마련
참을 줄도 알아라
그래도 이렇게 들어 주는 내가 있으니 다행이다

주변에 아무도 없이
망망대해에 혼자서만 존재한다고 생각해 보라
그러니 진정한 후

큰 소리로 답답함을 날려 보내자!

# 초병의 임무

전투에서 패한 장수는 용서할 수 있어도
경계에 실패한 지휘관은 용서할 수 없다
귀가 따갑게 들었는데

이것이 어디 군대뿐이랴
먼 미래를 위한 교육은 물론이요
부동산을 비롯한 모든 나라 정책이 그렇고
단기적으로 직면한 전염병은 더욱 심각한 문제

그런데 실패는 자주 발생해도 책임지는 자 없다
초병이 많아도 초병의 지휘관은 없다
그래서 초병은 그냥 서 있기만 하면 된다.

# 파도의 변덕

바닷물이 철썩철썩– 시원해라
태양열에 뜨거워진 바위 표면을 식혀주고
근질근질도 씻어 주니

몽돌해변에선 자그르르– 간지러워
부드럽고도 너무 우아해 여성적이라는 생각
함부로 하지 말라

지나가면서 찰싹찰싹– 재미있어
가는 비에 옷 젖는다는 말을 잊고 있을 때가
바로 이런 시간

성난 파도가 우르르 쾅– 무서워라
같은 바닷물의 움직임일진대 이리도 다를까
인간에게 배운 모양.

# 산 돌

# 건천의 바위

목욕해 본 지가 언제이던가
근질근질
조금이라도 몸을 움직여 굴러 봤으면

참선 시간이 너무 길다고 하면 안 될까나
답답하고 지루한데
자유란 말이 무슨 뜻인가 궁금하기도 하다

노래 부르고 싶어라
천방지축 날뛰고 마구마구 구르고도 싶건만
오늘도 동작 그만이로다

세상에 태풍을 기다리는 존재가 있다니!

# 계곡 바위의 각오

모진 시련을 겪을 준비가 되어 있다
구르고 또 구르면서
부서지고 깨지고
모래 한 톨
더 나아가 한 줌 흙 알갱이가 될 때까지
역경과 고난의 시간을 맞이하기 위해
단단히 각오한 바위

수천 년, 아니 수억 년
쉼 없이 변화에 변화를 거듭하련만
지금 당장은 이끼 빌려다가 치장도 하고
나무에게 몸도 내어 주고 싶은 맘
조금 근지럽긴 하지만
벌레도 개미도 물벼룩도 모두가 친구
억척스레 버티고 있는 계곡의 바위.

# 고산지대의 돌길

적혈구가 꿈틀댄다

한 발자국은 대지를 딛는 발바닥
두 발 옮기니 뒤틀리는 종아리
세 번째 짝 발에 무릎은 요동치고
네 박자 걸음에 비틀거리는 허리의 중심이어라

호흡을 놓치면 안 된다
이것도 마음일까
높은 지역의 돌길을 걸으면서도
맨발로 저지대 흙길을 걷는 수행으로 여겨야 하느니

웬 잡생각이 그렇게도 많은가
그냥 올라가자!

# 그냥 바위 절벽

세계 4대 폭포 중의 하나라고 하니
믿어야 하나 말아야 하나
오죽했으면 그런 말을 하고 싶었을까
물 없는 폭포
모두가 싫어하는 장마철이 기다려진다

앙꼬 없는 찐빵인가 김 빠진 콜라인가
핵심이 빠졌어도 껍질이라도 영원히 남아 있으니
내일을 기약하는 희망
물 없는 폭포가 비를 기다리는 마음이다

엉또폭포: 서귀포 신시가지의 월산마을에서 서북 쪽으로 900m 떨어진 악근천 상류에 있다. 높이는 50m로, 알려지지 않아 사람들의 발길이 뜸한 곳이지만 기암절벽과 천연 난대림에 둘러싸여 있어 주변 경관이 아름답다. 물이 풍부하지 않아 비가 오거나 장마철이 되어야 웅장하게 폭포수가 떨어지는 것을 볼 수 있다.

# 눈물 흘리는 바위

나라가 위험할 땐 바위가 울어
백성들 대처하라 경고했는데

구름은 모르는 척 지나치면서
시련이 필요하다 한숨 쉰다네

바위야 슬퍼 마라 일어날 일을
한 번은 지나가야 수습되는 법

흐르는 눈물일랑 이끼에 주고
굳건한 극복 의지 깨우쳐 주렴

## 눈앞의 그리움

차라리 안 보이기라도 한다면
눈을 감고
상상이나 해보련만
코앞에 펼쳐져 있는 고향이기에
더욱 애간장 시리게만 하는 사연을 그 누가 알까

저 멀리 있는 산
이름이 있지
망향가 불러주던 고향 아줌마라도 있었으면
꿈속에서나 그리워하면 좋으련만
전생을 탓해야 할까나!

# 뒹구는 바위

폭우로 갑자기 불어난 물은
계곡이나 산비탈의 거대한 붙박이 바위도
굴릴 수 있다

그런데 사람들은 산 아래 낮은 곳에서
거주하고 있으니
언제나 문제가 될 가능성

아무리 바위가 굴러 내려와도
나는 괜찮아
무조건 착하게만 살면 피해가 없을까!

# 매끈 바위

울퉁불퉁 뾰족뾰족
단단하고 거친 바위를
부드럽게 다스릴 수 있는 것은
오로지 물

뒤죽박죽 아비규환
어지럽고 혼란스러운 사회를
평화스럽게 다스릴 수 있는 것은
무엇일까

물의 능력과 투명성을 지닌
시대와 인물이 그립다.

# 먹는 욕심

하늘 향해 입 벌리고 있으면 무엇이 떨어질까
오염된 빗물
마침 똥 싸고 싶은 새들에겐 최고의 장소
그거라도 먹고 싶은 모양이다

감 떨어질 때를 기다린다고 하나 본데
세상엔 공짜가 없다고 했으니
무작정 기다림
천 년의 시간을 투자한다면 그 정도는 인정해 준다

인간은 먹지 않으면 죽는 법이기에
입은 벌려야겠지만
때와 장소와 정도가 항상 중요하다고 하니
절제부터 배워야 할까나!

# 묘지 지킴이

자식의 효심이 담겨 있을까
자주 찾지 못하는 후손의 상징이 될까나
묘비명을 대신하는 듯한
석물 아닌 돌

일 년 삼백육십오 일을 지키면서
눈과 비와 바람을 맞으면서
풀과 전쟁도 하면서
묘지를 지키고 있는 상징물의 존재 같기도 하다

허수름한 묘 속에 혹시 보물이 숨겨져 있을런가
도굴꾼으로부터 지키고
여우도 접근 금지시키는 역할을 할까
생각이 많아지는 곳.

# 물맞이 풍속

덥고도 더운 날에 할 수 있는 것이란
부채질과 등목
시원한 나무 그늘에서 매미 소리 들으면서 낮잠
더욱더 적극적인 것은 물맞이였다

유둣날 시작하는 물맞이는
호미 든 아낙의 적삼 속 돌은 땀띠를 삭히고
산에서 일하던 나무꾼의 문드러진 등살을 치유했기에
계곡의 떨어지는 물을 찾았다

그런 후엔 보양식
복달임이라는 삼계탕이나 고기는 상상도 못 했기에
미숫가루와 밭에서 갓 딴 오이면 만족
저녁엔 애호박 썰어 넣어 끓인 수제비가 일품이었다.

# 바위 목욕 시간

산둥성이에 살면 그러려니 하련마는
계곡에 있으면서도
오랜 기간 언제나 물을 그리워해야 하는 처량한 신세
건천의 바위들이라

그래서 장마철이 되면 노래를 부르게 되는데
우선 일제히 함성을 지르고
샤워장에서 흥얼거리는 인간의 콧노래 흉내도 내보고
때 미는 소리는 조용조용

내일이면 또다시 적막과 공허함이 찾아올 것
즐거운 시간은 잠깐뿐이니
박자 곡조 무시하고 그냥 목 놓아 노래 부르자
생각 있는 바위여!

# 바위를 깎는 계곡물

때로는 강렬하게
어느 땐 아주 아주 부드럽게
강약 조절 속도 조절
끈기와 집념은 세상 무엇도 이길 수 있다

때로는 웅장하게
어느 땐 아주 아주 감미롭게
음량 조절 박자 조절
창작과 연주는 세상 누구도 따라 할 수 없다

침묵과 단단함의 상징인 바위에 대해서는
섣불리 이기려 하면 안 되고
천천히 조금씩 알 듯 모를 듯
그렇게 저렇게 작품을 만들어야 한단다.

# 버팀돌의 고충

어느 땐 몸을 굴려 가려웠던 부분을 시원하게
계곡의 저 아래 동네에서 살아보기도 하고
주변 환경을 바꾸어 보고 싶기도 하건만
자세가 조금만 틀어져도 아우성

한때는 나무의 도움을 받아 떠돌이 신세를 면했고
부서지고 깨지는 위기도 피할 수 있었으며
정착의 편안한 삶을 살아왔다만
가끔은 움직이고 싶은 마음도 갖게 되는 듯

어쩌랴
수명이 다하는 날까지는 고정된 자세
그렇게 살아왔으니 또 그렇게 살아야 하는 처지이기에
주어진 몸을 잘 유지해야 한다더라!

# 봄날 바위 아래

겨울이 떠나갈 때쯤의 바위 아래는
바람은 막히고
따스한 햇볕이 스며들어
식물들이 땅속에서 꿈틀거리는 모습 보인다

인간도 태곳적에 바위 아래 의지해 살았다가
이젠 큰 돌덩어리로 무시하지만
어떤 꽃들은 여전히 봄날의 양지 대상으로 삼아
바위 밑에서 긴 겨울잠을 잔다

눈이 오든 비가 오든 삭풍이 몰아치든
땅속의 식물들은 어찌도 시기를 그리도 잘 아는지
봄이 다가오면
기지개 켜는 소리가 바위 아래에서 먼저 들린다.

# 산골에 사는 바위

심심하냐고 물어보았는데
계절을 알게 되었느냐고도 물어보았는데
......

언제부터 그 산골에서 자리 잡고 있었는지
떨어져 사는 것도 괜찮은지
가장 보고 싶은 대상은 누구인지
묵묵부답

산골의 바위야
멍청하지도 똑똑하지도 않은 그래서 그냥 바위
존재하니까 사는 것
신경 꺼주라!

# 산담에 숨어 있는 역사

삶과 죽음 사이에 만들어진 경계선
넘나든 이 누구일까
사연이 있었기에 역사도 있고 전설도 전해지고
후세로 이어지는 상징인 듯

비석의 글자는 희미해지고
돌로 된 수호 석물도 비바람에 깎여 분간 못 할지라도
무덤의 울타리는 역할 준수
굳건히 지켜왔다

그래서 긴 시간 무슨 무슨 이야기가 숨겨져 있다는데
어떻게 읽어야 할까
비밀의 공간에 들어 있는 사연은 입에서 입으로
그러나 이젠 바람도 잊었다고 하더라!

산담: 제주 지역의 무덤 주위로 네모지거나 둥글게 둘러싼 돌담을 말하며 무덤이 망자의 집이라면
'산담'은 망자의 집 울타리인 셈이다. 산담 한쪽에는 신이 드나드는 출입문인 '시문'을 만들었다고 하
는 등 사연이 많이 들어 있다.

# 산속의 작은 폭포

세수를 할까
발을 담그고 옛날 이야기나 할까
어릴 때 생각하면
풍덩 뛰어들어가 멱을 감았을 것 같은데

지나가는 사람 없는
유명하지 않아 찾아오는 사람도 없는
소박하기만 한 계곡엔
새소리 벗하는 작은 폭포의 전설이 속삭인다

바위 부술 일 없고
큰 소리로 다투지 않아서 좋고
속세란 무엇이던가
청빈한 선비가 아직도 살아 있나 보구나!

# 어느 계곡의 나무와 바위

억겁의 급물살이 수없이 반복되는 계곡
누가 누구를 도와주는가
깨지고 부서지는 잔인한 세월의 소용돌이 속에서
살아남은 존재
바위야, 나무의 생명 바위야

나무는 쓰러져 계곡으로 떠내려가지 않아도 되고
바위도 구르지 않게 막아주니
백 년을 버텨온 상부상조의 힘이 보이는 곳
어느 산골의 생존술
바위야, 나무의 친구 바위야!

# 영실의 오백장군

신령스러운 기운이 서린 깊은 산속의 험난한 곳
영실
자주 안개로 베일을 만들어 모습을 숨기고 있는
그곳을 오백장군이 지키고 있어 왔다

제주도와 중심의 성지 한라산엔
언제나 설문대할망의 신화와 전설이 숨겨져 있는데
500명의 아들들이 그 할망 삶은 죽을 먹고
영실에서 바위가 되었기에

아주 오랫동안 잡신과 인간의 접근을 불허하며 지켜왔지만
요즘엔 인간들이 기술을 이용해 길을 만드니
오백장군은 어쩔 수 없이 출입을 허용하면서도
감시의 눈초리는 여전한 듯하다.

# 움직이고 싶은 바위

비가 온다
오는 비 기왕 오려면 많이 와라
얼마만큼의 작은 물방울 알갱이가 모이고 또 모여야만
이 무거운 몸을 움직일 수 있을까

억겁의 기다림
언젠간 움직일 수 있다는 가능성을 알고 있기에
깊은 산과 산 사이의 계곡에 사는 바위는
구를 준비가 되어 있다

변화하는 세상을 살면서
바위라고 제행무상이라는 자연의 섭리를 거스를까나
그래서 가끔은 구르고 싶다
근질근질 피부의 가려움도 씻어버리고 싶기에!

# 이름만 방선문

기대가 크면 실망이 크다는 말

물론 신선도 선녀도 만나려니 생각은 안 했다만
삭막한 계곡
속세와 너무 가까운 탓일까

늦은 봄에 뒹구는 낙엽이
따분하다며
홍수를 기다리는 어처구니없는 공간

관광객을 유혹하는 화려한 홍보 문구가 과장되어도
바위야 그냥 바위일 뿐!

# 이름을 주세요

이만하면 그런대로 괜찮게 생기지 않았나요
능선에 많이 보이는 바위 중 하나
동물을 닮은 것 같기도 하고

등산객들이 매우 궁금하다고 하네요
이름이 무엇인지
그런데 무조건 오백장군이라고 하면 이해가 안 되지요

제발 무어라고 불러주세요
볼품 있는 개똥이 쇠똥이 등도 이름 있다는데
명품의 체면이 안 서지요

누가 이름표를 하나 달아 주세요!

# 장마철을 기다리며

비 님아 어서 오세요
기왕 오실 바에는 아주 적당하게 모여서 오세요
일 년을 기다렸답니다

온몸이 근질근질
시원하게 구르고 또 구르면서
때도 닦아내고 주변의 청소도 필요한 시기랍니다.

태풍도 있다고는 하지만
깨지고 부서지고 그런 것은 우리도 무섭기에
천천히 물을 주는 장마철이 최고라네요!

# 태풍의 계곡 청소

오래 살다 보면
원하든 원치 아니하든 입었든 이끼 옷은 낡아 가고
온갖 곤충과 동물들의 배설물을 받아
육신은 더러워지는 법

그래서 자주 몸을 씻고 싶건만
세상일 어디 뜻대로 되는 경우가 많으랴
그런데 인간이 싫어하는 태풍이
바위에는 때 빼고 광내는 절호의 기회가 된다네

바위라고 늘 침묵의 참선만 해야 할까
참았던 숨을 내쉬고
지축을 울리는 사자후도 토해내고 싶을 때가 있는데
태풍만이 도와주도다.

# 한라산의 쌍두 독수리

서양의 쌍수리는 머리를 서로 돌리고 있지만
한라산 쌍두 독수리는
늘 같은 방향
한마음 한뜻으로 같이 힘을 합친다는 의미가 있다고 한다

무엇을 준비하고 있을까 궁금하기는 하지만
모르는 것이 신비감이라
그냥 멀리서 그윽한 모습만 바라보면서 추측을 해야 할 뿐

앉아있는 곳은 영험이 깃든 장소라는 영실의 산비탈
언젠가 날아오를 것이라는 예상은 되지만
그때는 나라가 어지러울 것
그 자리 계속 있어서 우리나라 평화가 지속되기를 바란다.

# 화석이 된 공룡

숲속에 웬 공룡
중세 때 살던 공룡이 산에서 그대로 돌이 되었을까
위엄 있는 자세는 그대로

혼자서 얼마나 외로울까
가끔은 까마귀가 머리 위로 올라가 실례해도
그냥 모른 척

무슨 울음소리라도 내주면 얼마나 반가운 마음이 들까
적막이 좋다나
수만 년을 지켜온 몸가짐이 자랑스럽다.

# 힘들어하는 바위

억척스럽게 버텨야 하느니라
가장이 쓰러지면 처자식 굶어 죽어야 하고
나라 기둥 무너지면 국민은 고통
더욱더 힘을 내자

태산같이 흔들림 없는 바위
듬직한 믿음의 상징
어쩌다가 약해지면 안 되는 존재가 되어서
모진 시련을 감내해야 하는가

누가 알아줄까나
한평생 하늘이 정해 준 남을 위한 역할 수행
그렇지만
속으로 흐르는 눈물은 있단다!

# 제9장
# 쌓은 돌

# 겨울이 다 갔나

어째 이번 겨울은 눈도 별로 안 오고
겨울이 겨울답지 않은데
이유가 뭐래

글쎄
아무래도 옛 조상님들이 문제였던 것 같아
후세 교육을 잘 못 해서 그렇겠지

허허
날씨 이야기하는데 웬 조상 탓
하긴 세상이 다 어지럽게 돌아가긴 하니까!

# 고인돌의 용도

아주 옛날에는 책이 없었기에
학생들의 책상으로 사용하지는 않았을 것 같고

동네 사람들 모여서 산에서 잡아다가 불에 구워낸
육고기 뜯어 먹는 식탁으로 적합

설마 죽은 사람의 시체를 올려놓지는 않았겠지만
장묘의 상징이라고 해석하나 보다

어쩌면 외계인이 무슨 표식을 해 놓은 것인지도 모르니
미래엔 더 정확한 용도가 밝혀지려나!

# 골프장 갤러리

전염병이 돌면 골프장도 관중 금지
대회 참가 골퍼의 입장에선
집중력 유지에 좋을까
환호와 박수의 격려가 없어 나쁠까

골프장 갤러리는
공 안 쳐도 입장료 내라
소리 내지 말고 조용히
선수가 샷을 할 땐 움직이지도 말라

규칙도 많고 까다롭게 구는구나
차라리 돌을 세워 놓아라.

# 공든 탑

와르르 억장이 무너져 내리는 순식간
초석을 다지고 정성을 들였던 시간들
지반을 몰랐다 지진이 있다는 진리를
무너진 공든 탑 흩어진 돌 조각의 교훈

아픔을 떨치고 또다시 쌓아야 하나니
바람을 이기고 천리에 적응한 기술로
복잡한 사회엔 변수가 많음을 알아채
무너짐 없도록 철저히 대비한 공든 탑

# 균형 잡기

왜 균형이란 말이 나왔을까
어려우니까

어쩌다가 간신히 균형 잡힌 것 같았었지만
머리카락 하나에도 그 균형은 깨진다

지역의 균형 발전과
빈부의 균형이 정말로 가능하다는 말인가
어림도 없는 소리
그래도 말은 그렇게 해야 한다

가장 어려운 것은 남과 여의 균형이겠지만
그것보다 더 어려운 것은
삶과 죽음의 균형일 것이다.

# 길가의 돌탑

어서 오시라
요즘의 시골 마을엔 사람이 귀하니
돌탑이 대신할까나

굳이 안내판 글자가 안 보여도
다 알아
이 동네가 그 동네라고 돌이 암시

비가 오나 눈이 오나 바람이 불거나
한결같은 자세로
환영과 환송을 대신하여라!

# 깨달음의 빛

빛이란 눈으로 보아야만 알 수 있는데도
마음으로 보란다
소리도 귀로 들어야 하는데
마음으로 들으란다
냄새도 감촉도 무엇이든 마음으로 하란다

말로는 무슨 말을 못 할까
이 지구 상에 정말로 깨달은 사람이 있었는지
의심은 끝이 없으련만
너무나 뛰어나면서도 부족한 인간이기에
늘 빛을 갈구한다.

# 도로변의 가로석

도로변엔 아름다운 가로수가 줄지어 서 있어야만
낭만과 추억
무슨 무슨 가로수길이었던가
단풍의 가을과 흰 눈의 겨울이 더 가슴앓이다

멋진 나무가 없으니 돌이 대신하는 그런 경우
뻣뻣한 느낌
참으로 멋대가리가 없다고 할까나
그늘이 있어도 이용하는 사람은 없도다

자동차 매연에만 강할 뿐
돌은 나무보다 수명이 훨씬 더 길다고 하건만
작은 바람이나 진동에도 쓰러지는 일생
신세 한탄 소리 들린다.

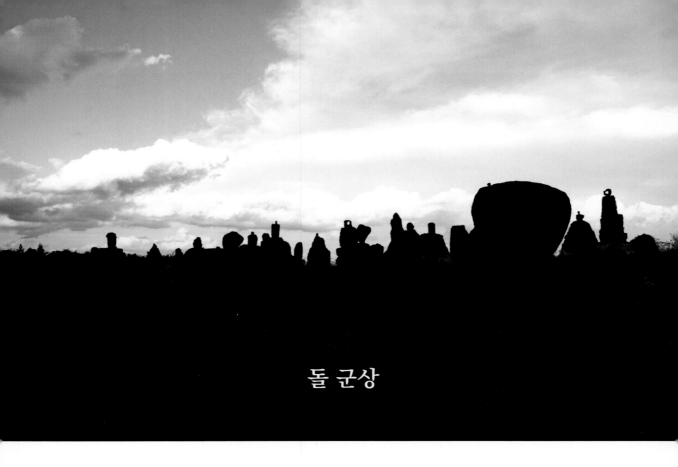

# 돌 군상

다툼도 폭력도 없는 듯
거짓이나 위선도 없을 것 같은
나신들

그러나 눈에 확 띄는 인물 있는 반면
숨어서 안 보이는 존재와
'보였다 안 보였다'를 반복하는 그림자도 있음에
분간이 어려운 세상

더불어 살면서도
각자의 삶은 오로지 혼자이어야 함은
얽혀버린 그물코 탓이런가!

# 돌 사이 바람길

허허실실
지나가는 바람은 지나가게 해줘라
맞서 싸우면 서로가 상처
어느 땐 부딪치지 않는 것이 최선이 될지도

지나가는 바람을 막아서 무엇하리
길을 내 주자
그냥 편안하게 지나가도록 해주려무나
그것이 순리라면 말이다

부드러운 바람과 딱딱한 돌
공존해야만 하는 세상
현명한 지혜란 평범한 곳에서 나오는지도 모른다
바로 돌탑과 돌담의 쌓기에서!

# 돌 쌓기

왜 돌을 쌓아야 했는가
돌 쌓는 전문 방식이 생기고
돌 쌓는 석공 기술자가 탄생하고
묘기 연출가에 이어 예술 작품까지 등장했다

지구 땅 위에 이런저런 돌들이 많이 있었기에
인간이 그 돌을 사용하다 보니
돌 쌓기가 매우 중요했는데
점차 퇴색되고 있다

쌓는 돌이 많을까
무너지는 돌이 많을까
돌 빼 먹는 사람도 있다고 하지만
쌓은 돌 곁을 지나는 바람은 늘 조심스럽단다.

# 돌탑이 서 있는 곳

탑은 무너지면 안 된다고 하던데
꼭 넘어질 곳에 서 있다
그것도 흙이나 나무로 만든 탑이 아니고
가장 단단한 돌로 쌓은 탑은 더욱 쉽게 쓰러지련만

작은 새가 조심한다고 해도
개미가 모래 한 알만 빼내도 붕괴하고
바람의 치맛단이 스쳐도 넘어지며
천둥소리엔 놀라서 저절로 까무러치는 위험을 즐기는가

그래서 그런지 돌탑은 꼭 쓰러질 곳에 서 있다
비바람 가리는 실내는 안 되고
바닷가나 산꼭대기 또는 광활한 벌판에서
움직이지도 못하면서
인간의 작은 소망을 위해 봉사활동 하도다.

# 머리에 이고

물동이 이고 가는 언년이 걸음걸이
튀어나온 돌부리 비켜나고

점심상 이고 가는 아줌마 걸음걸이
바둑이가 앞장서 길 터준다

보따리 이고 가고
바구니 이고 가고
여인의 머리 위에선 바위조차 가볍다.

# 바람이 넘는 돌담

넘어오지 말라
넘어가지도 말아라

바람이 어느 곳을 못 가랴만
무너진 담장 앞에선 넘기 망설인다는데
법은 돌담보다도 못한가

돌담 쌓는 돌챙이의 장인정신이 숭고하듯이
법 만드는 어르신도 그랬으면
바람이 고맙다고 반가워할 터인데

무너진 돌담을 돌아가는 바람은
곧잘 중얼거린다.

# 바람이 무서워

늘 조마조마
심장은 벌렁벌렁
저기 멀리서 바람 오는 모습 보이기만 하면
눈을 감고 기도하기 여러 해
그렇게 살아왔다네

누가 돌보고 굳건한 존재라 했는가
언제나 불안감
낙엽 굴리는 바람만 보아도 식은땀이 흐르고
다리가 후들후들
그렇게 살아간다네!

# 산방 연대

이 자리가 수많은 관광객 노는 모습 바라보는
명당이 될 줄은 몰랐다

모진 칼바람 휘돌아 감기는 험악한 언덕 위였는데
이제는 아래로 멋진 구경거리 펼쳐지니
심심치 않아 좋기만 하다

사람 한 명 구경하기가 하늘 별 따기보다 어려웠는데
이젠 무슨 인간들이 저리도 많이 나타나는지
참 묘한 세상 되었다.

산방 연대: 산방산 앞 용머리바위에서 가장 높은 곳에 설치된 연대로 과거 햇불과 연기로 급한 소식
을 전하던 통신수단이었다. 조선 세종 당시 왜구의 침입에 대비하여 쌓은 것으로 추정되는데 제주특
별자치도 기념물로 지정되었다. 예전엔 삭막한 장소였는데 지금은 엄청난 관광객들이 오는 곳이지만
산방 연대를 눈여겨보는 사람은 별로 없다고 한다.

# 석등의 불빛

야밤 삼경에 절을 찾는 나그네 있으면
석등에 불을 밝혀주련만
심산유곡엔 길 잃은 영혼 천지라
너무 밝으면 교통대란이 우려된다고 하여 형상만 있어라

석등은 진리를 밝히는 지혜의 상징이면 그만
불빛은 저마다 자신의 마음속에 있으니 굳이 불을 켜 놓으랴마는
봄엔 매화꽃이
여름엔 반딧불이가
가을엔 단풍의 오색 빛이
겨울엔 하얀 눈송이가
서로 불빛이 되어 사바세계의 어둠을 지워주리

그래도
그래도 사찰에 석등의 불빛이 꼭 필요하다면
해우소에 야명주나 갖다 놓으렴.

# 석주문

들어설까 나갈까
문을 들어설 땐 속세의 모든 인연을 버리고
나갈 땐 빈손으로 다시 시작해야 한단다

들어가고 나오고 하는 것은 자유스럽고
돌기둥의 문은 항상 열려 있건만
문을 통과하기 겁이 나는 것은
돌이 단단하지 못하다는
기우일까

아니면
마음이 딱딱하게 굳어질 것 같아서일까!

# 소망탑

새해의 소망은 무엇일까
간절히 바라면
이루어진다고 했는데 말이다

옛날의 기도라면 득남
어제의 바램은 돈과 출세와 명예
내일의 희망은 무엇이 될까

너무 많은 것을 바라지 말라 했지만
무너질 때 무너지더라도
일단 욕심을 챙기고 싶은 인간의 마음

매년 새해엔
하나에 소원 넣고 두 개엔 정성 담아
소망탑을 세워볼까나!

# 수평선 바라보기

어느 쪽에 서서 보면 더 잘 보일까
깨금발 디디면 훨씬 멀리 보이겠지

눈이 크거나 작거나
차라리 시력이 나쁘면 더 잘 보일 것 같은 것은
마음으로 보기 때문

수평선이 정말 존재하는가
있으니까 보이겠지만 다가갈 수는 없으니
납득하기 곤란한 표상

하늘과 바다가 구분되는 날은
그냥 멍 때리기 좋은 날.

# 여기저기 방사탑

어디까지가 혹세무민이었을까

전깃불이 무서워 멀리 도망가버린 도깨비와 달걀귀신
이젠 정겨운 존재가 되어 자꾸 불러보기만 한다

범죄자 취급받았던 무당은 이제 보존 인물 되었고
굿판은 신기한 구경거리
살풀이춤의 무명천은 허공에서 외로울 뿐이다

꼭 사라질 때쯤 지정되는 민간문화재
그런 후 호들갑
돈으로 만들어지는 박제품만이 우리를 슬프게 한다

방사탑도 있어야 할 곳에 있어야만 뜻이 있다 하거늘
좋다면 그냥 막 아무 데서나 세우네
웃겨!

# 오백장군 표현

아주 오랜 옛날 옛적
제주도의 주인인 설문대할망과 그의 아들 오백장군이 살았기에
신화와 전설로 이어져 내려오고
예술로도 승화된다

어머니의 육신을 넣어 끓인 죽을 먹은 500명의 아들들은
한 명만 멀리 차귀도로 갔고
나머지 499명은 모두 나한이 되어
영실의 바위로 굳어져서 영원한 지킴이가 되었다나

거대한 체구의 설문대할망을 넣어 끓인 죽솥은 얼마나 컸을까
오백장군은 어떻게 생겼을까
전설을 참고로 삼아 현실적으로 표현해 보고 싶건만
뭔가 허전하고 어렵기만 하다.

# 잘 보고 익혀라

고요하고 잔잔한 바다
평화란
그 속에 들어가 있을 땐 절대로 모른다

부서지고 깨지고 배가 뒤집히고
격랑의 순간
인간은 그제야 어제의 평화를 알게 된다

투명의 바람이 할퀴고 지나간 흔적
파도가 핥고 간 자리
안 보여도 볼 줄 아는 지혜를 길러라.

## 절묘한 균형

위태롭게 보이면서도 쓰러지지 않는 것은
절묘한 균형 감각 때문
그래서 정치인은 그런 능력을 길러야 한다고 했는데
그랬다간 우리나라에선 바보

목측 능력을 갖춰야 진정한 정치를 할 수 있다는
어느 법학자의 말
눈으로 보아 크기나 거리나 무게를 어림잡아 헤아림
현실을 똑바로 보는 균형 감각이라 했다

정치는 그래야 하는데
우리 사회는 한쪽만을 우선시해야 살아남는 등신들
그것은 초등학교 때부터 정신의 균형을 키우는
교과 과목이 없어서일까!

# 제단 보호

제단 위엔 무엇이 올라갈까
시대에 따라
지역에 따라
인종과 종교에 따라 달라지는 공물

봉납 된 공물은 누가 가져갈까
어느 어느 신
바람
거지와 도둑도 알아서 스스로 접근 금지

그런데도 보호 돌담이 필요할까
없으면 허전해서
그냥 상징물
다 동네 사람들의 마음일 것 같다.

# 조화와 균형

세상 살아가면서
서로 잘 어울리고 어느 한쪽에 치우치지 말라
참으로 쉬우면서도 어려운 말
누가 시범을 보여줄까

여기저기 뒹굴어 다니는 짱돌들을 주워다가
담장을 쌓는 농부
바람은 돌들 사이로 부드럽게 지나가고
구름은 돌 위에서 편하게 쉬어가고
이해관계가 많은 사회에선 그렇게 해야 한다나

순간순간을 살면서
언제 어디서나 저울추와 계산기를 사용할 수는 없기에
상황에 맞는 자연스러운 처신
봉사와 헌신의 맞물림이라고 하더라!

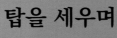

# 탑을 세우며

간절한 바람의 표현
대부분은 소원과 기대를 위한 손짓이었고
마음을 담았다

왔다 갔다는 표식
추억 만들기가 모방과 흉내도 될 수 있고
집중력 시험도 되었다

그러나 반드시 무너지는 법
돌 떨어지는 소리 듣지도 말고
널브러진 모습도 돌아보지 말아야 할 것인데

바람에겐 조심해서 지나가라고 당부하고
비도 비켜 내리라 하고
새들도 접근 금지 표지판을 세워야 할까나!

# 환해장성의 상징성

얼마나 힘들게 쌓았을까
해안선을 따라 쌓여있는 높은 담 돌의 숫자가 얼마나 되는지
하나하나 세어보면서
그 동네 살았던 주민들의 인구수와 비교해 볼 때
끔찍하기만 하다

한번 쌓아 놓기만 하면 되었을까
태풍을 비롯해 강한 폭풍우가 몰아쳐 수시로 허물어지고
약탈하려는 왜구의 침입에 맞서 싸우다 보면
돌담의 형태조차 사라지기에
수시로 피땀 흘리는 노력이 필요했다

과거에 가정과 지역의 안전과 행복을 위해서
꼭 필요했던 환해장성의 존재란 이제는 상징물
외부의 방어가 필요하지 않다고 하더라도
내부의 무너짐은 경계해야 한다고 알려주나 보다.

# 제10장
# 깎은 돌

# 가을도 가네

요즘 사람들은 계절이 바뀌면
무슨 패션의 옷을 입을 것인가가 가장 고민이란다
그다음엔 맛의 먹거리
그리고는 여행 갈 장소 선택에 머리를 쓴다고 하더라
기가 막혀

하긴 날씨가 추워지면 두꺼운 옷과 겨울 식량이 가장 중요하지만
차원이 다른 것
세상 참 많이 바뀐 모양이다

아직 마무리해야 할 일이 많이 남아 있는데
봄에서부터 죽도록 일했어도 아직 빚을 다 못 갚았는데
찬바람 막을 집도 손봐야 하는데
벌써 겨울이 코 앞이라니
외지에 나간 자식들은 춥지나 않을까 걱정이로다.

# 남자의 훔쳐보기

왜 남자는 여자의 벗은 몸을
은근슬쩍 훔쳐보는 짜릿한 느낌을 좋아할까
여자는 안 그럴까
조물주가 사람을 만들 때 다 이유가 있었으리라

애랑이 목욕 장면을 훔쳐본 목석 같은 배비장이
온갖 망신을 다 당한다는
교훈과 사회 문제점을 소설로 만들어 낼 수 있는 것도
남자의 본능이 있었기 때문

남자가 아름다운 젊은 여성의 나체를 보아도
아무런 느낌이 없었다면
오늘날 지구의 주인은 인간이 아닌 다른 존재일 터
다행이라고 해야 할까나!

# 눈이 만든 돌의 표정

어느 땐 고맙고
어떤 땐 이게 아니라 싶기도 하지만
표현 기법
한평생 같은 얼굴로 굳어져 있어야 하는 동자석이기에
변화를 주는 고마운 눈

내면의 감정을
얼굴이 나타낸다고 흔히 말하고 있는데
그러지 못하는 돌에게 다가와
살짝 자극해
묘한 표정을 짓게 만들어 주는 그런 눈이 고맙다.

# 돌 조각상의 입장

웃고 울고 고뇌하고 무표정에 서 있는 자세까지
무생물인 돌에 감정을 불어 넣어
평생 한자리에서 고생 또 생고생해야 하는
운명 아닌 운명

살아 있는 장인 정신도 좋고
아름다운 멋을 창출하는 조각가의 예술성도 훌륭하지만
당사자인 돌의 입장은
그 누가 알아주려나

사람이 되든 동물이 되든 또 다른 무엇이 되었던
한 동작 한 표정만 지으면서
작품용은 물론 상징물 광고물 표지석에 이르기까지
그냥 세월을 버텨야 한다니!

# 돌부처란 말

돌부처란 별명을 가진 사람은
우직함과 무표정
인기는 있을 듯 없을 듯 묘한 분위기를 풍긴다

돌아앉는 길가의 돌부처가 되면
인내심의 한계를 상징
여인이 화를 내도 된다는 격려의 의미가 있을까나

돌부처가 웃다가 배꼽이 빠질 정도라면
방송의 코미디가 아니라
너무 어처구니가 없어 입을 벌린 채 정지 동작 되겠지

돌부처 보고 아이 낳아달라고 하는 말은
그냥 하는 말
정말로 돌부처는 웃음 참느라고 힘들 것 같기도 하다.

# 돌하르방의 눈 모자

가슴은 뜨겁게 머리는 차갑게
머리는 늘 차가워야 맑고 명석해진다고 했으니
얼음으로 만든 모자가 제격일까나

얼음 모자 없으면 눈 모자도 괜찮아
유행도 따르고 패션도 창조하고
그런대로 겨울의 멋

추운 겨울철에 털모자 없어서 대신하긴 했다만
바람 막아 따뜻하다고 억지도 부려보지만
해 뜨면 눈물로 흐를까 걱정이로다.

# 말과 표정

사람들을 대할 땐
정치인의 얼굴은 최대한 부드럽게 웃는 낯으로
말은 독하게

아는 사람들 다 알아도 상관없다
달콤한 삥엔 언제나 알면서도 당하니까

늘 헛소리와 웃는 표정에 속는 것을 되풀이하는 것은
국민
우민 정치란 그런 것

그래서 지도자가 되기 위한 최고의 덕목은
최면술이 될까나!

# 미련 곰탱이

한민족인 우리나라 사람은 곰의 자손이라고 한다
그러면 우리 모두 곰탱이 아닌가
대한민국 사람은 다 미련한 바보 멍청이라고 해야 하나
곰 같은 소리 한다

곰탕은 곰을 넣고 끓인 것이 아니듯
곰은 부지런하고 영리하고 자식 사랑이 지극하기에
곰탱이란 말은 친숙하다는 표현
뛸 때의 엇박자 같은 다양성이 들어 있다.

# 미소 배우기

웃는 게 어려울까
웃는 것이 힘들까
갓난아기도 웃는데 어른은 웃음을 모른다
소나 말도 웃는데 인간은 제대로 못 웃는다
웃으라고 하니 더러운 이빨만 보이고
입에선 침만 튀어나온다

미소를 배워보자
우아하게 웃어라
염화시중의 미소란 소리가 안 나는 웃음
눈꼬리 입꼬리 웃음이 세상을 제대로 읽는단다
아무리 웃어도 세상이 시끄럽지 않고
가슴에 오염 안 된다.

# 바닷가 나온 농부

흙보다는 물이 훨씬 부드럽고
좁은 밭뙈기 비해 무한정 넓기만 한 바다
왜 안에서만 갇혀 살았을까

경운기 끌고 바다에 들어가
전복을 한 차 가득 싣고 나온다면
일 년 농사보다 나을 것 같기도 한데

벼농사 흉작으로 집안 망할 것 같은 상황
이참에 농사일 때려치우고
어부로 전업할까 보다

언감생심 농부는 농부일 뿐
땅 파먹고 사는 인생 그게 어디 가겠나
발이나 씻고 집으로 돌아가자.

# 사라진 도깨비

예전엔 대단한 존재였는데
이젠 책장 속에 숨어서 드라마에서나 나오는 듯
왜 도깨비가 무시당할까

도깨비보다 더 무서운 사람 많아지고
도깨비보다도 훨씬 더 알 수 없는 인간들의 현대 사회
여기저기서 도깨비 흉내 춤을 추네

더 이상 도깨비 역할이 무슨 의미가 있으랴
방망이 내 던지고 어둠 속으로 사라지며 하는 말
나 이젠 도깨비 안 할래!

# 서귀포시 예래동(猊來洞)

한 번도 본 적이 없는 사자
전설에도 없는데
여기저기 중요 장소에서 지킴이 역할을 해야 했기에
예래동의 돌이 되었다

이젠 호랑이와 사자의 싸움도 볼 수 있지만
옛날엔 만날 수 없는 존재
무조건 무섭게
호환을 막는 돌사자의 상징이 되었나 보다

마음의 위안이려니
사자가 오는 마을 사람들에게 편안함을 줄 수 있으면
어떻게 생겼든 무슨 상관
동네 수호신으로 충분하리라!

# 석공의 망치

부처님 살이 찌고 안 찌고는
석수장이의 손에 달렸고
미인의 아름다운 코 높이도 망치질 한 번으로
바뀐다고 하였다

금 나와라 뚝딱
요술 망치가 아니라
100번 넘은 101번째 바위를 깨고
수백만 번의 망치질로 예술 작품이 나왔도다

정을 쥔 석공의 왼손은 망치가 무서워도
참고 또 참았는데
이제 돌 깨는 망치 소리는 산 넘어 가물가물
돌쟁이는 다 죽었노라!

# 석상의 눈물

돌이라고 눈물이 없을쏜가
석상도 슬프거나 아플 땐 눈물 흘리며 울고 싶건만
돌아 버린 돌이라고 할까 봐 걱정된다네

석상이 울 때
비 오는 날에 흘리는 눈물과
머리에 쌓인 눈이 녹아 흐르는 눈물의 차이점을
과연 그 누가 알까

어느 석상이 눈물을 흘리면
무슨 이상한 조짐에 대한 경고라고 했기에
슬퍼도 울지 말아야 하는 그 석상의 가슴은 더욱 아프겠지!

# 소곤대는 말

철이네가 빚내서 아파트 샀는데
사자마자 반값으로 떨어지고 이자는 왕창 올랐데요
큰일이군

남들이 소곤대는 말을 알아들을 수 있다면
모래알이 소곤대는 소리
달과 별이 다정하게 소곤대는 전파음
몰라야 할 것을 알아듣는 사람이 문제였을까

매스컴과 정보통신이 너무 뛰어난 시대에 살아
이젠 소곤거릴 일 별로 없으니
허구한 날 휴대폰 바라보며 중얼거릴 뿐이다.

# 수다 떨기

공허한 메아리
혼자서 말을 많이 하고 있다면 1인 연극
중얼거림인가 독백인가

명절이 되면 가족도 많이 모이고
만나는 사람들도 많아서
저절로 수다 떨기 좋은 분위기였다고 하던데

이젠 썰렁
아니다, 스마트폰이 있기에
언제 어디서나 정신 나가도 좋은 세상이로다!

# 약사여래의 존재감

아프다
아프지 않은 사람이 어디 있으랴
살다 보면 여기저기 아프고
어지러운 사회에선 마음이 더 아프게 된다

아픈 사람 치료 위해
병원도 많이 생기고 의사도 엄청 배출하건만 그래도 늘 부족
사람이 살아 있으면 질병도 살아 있다

그래서 나타난 석상
왼손에 든 약병 속엔 무슨 치료제가 들어 있을까
마음에 든 병은 볼 수 없다고 하니 약도 보이지 않을 것 같다

그냥 상징이겠지
몸과 마음 아픈 사람들을 위한 꿈과 허상의 존재
마음 치료가 우선이로다.

# 어색한 해녀

해녀라고 늘 바다에서 살아야 하는 것 아니지만
그래도 해녀 복장은
바다를 떠나면 무엇인가 어색함이 가득하니
다른 곳에서는 함부로 해녀를 등장시키지 말라네

바다에서 물질하는 해녀가
꽃밭에서 한가하고 여유롭게 놀고 있다고 한다면
해녀 이미지 변질
생긴 것도 이상스러우니 해녀 망신이로다.

# 어정쩡한 마음

이게 아닌데
권리를 주장하며 거칠게 항의하고 싶건만
다칠까 봐
오히려 손해 볼까 봐

그렇다고 무조건 순종할 수만은 없는 일
미칠 지경

어찌해야 할까나
구름아 무심하게 어디로 흘러간단 말이냐
어정쩡한 태도가 나도 싫어
얼굴엔 주름살만

편하게 낮잠 잘 수 있는 내공이 그립다.

# 염화시중의 미소

꼭 연꽃을 보아야 미소가 나올까만
삼라만상이 다 염화로 보이니
눈을 감고 있어도 조용한 미소가 흐른다

어찌 설명하지 못하는 깨달음
돌이 느끼는 감정
미세한 공기의 파장에서 가르침을 읽게 된다

불심이란 다 그런 것일까
표정이 경전이어라.

# 유혹엔 장사 없다

눈은 감고
코도 막고
이빨을 악물고 오로지 무념무상 일념 정진 중이다

안다
황진이에게 유혹당한 서경덕의 이야기
마음이 흔들리네

온몸의 모든 창구를 철저히 다 막아 버렸어도
느낌만은 어쩔 수 없으니
미칠 노릇이로다.

# 참선에 든 돌하르방

마음이야 비운 지 오래
아니 본래 비워야 할 마음 자체부터가 없었지만
행여 티끌이라도 있을까 봐
일념 정진

세월이 흘러가는가
시간이란 무엇이기에 여러 변화를 만들어 내고
주변을 흔들어 대는가
겉으론 굳건해 보여도 여리고도 여린 존재로다

그냥 돌로 있었으면 좋았으련만
형상으로 변한 현실
지혜를 얻으려 인간 흉내 공부를 하다 보니
하르방이 되었다.

# 창피해라

부끄럽고도 민망해라

뭐가 어때
하늘이 보고 땅도 보고 산천초목이 다 아는데도
안 했다고 하는 철면피가 많은데
그 정도 무엇이 어때서

세상 어쩌다가 이 지경이 되었을까
학교 교육과정에 도덕과 국민윤리 과목을 없애서
우리 마음을 고장 나게 했다더냐

그래도 아직은 한민족이라네
예의범절이 아무리 술에 취해도 본질은 남아 있기에
남 보기 창피함을 알고 반성도 하고

거울이라도 자주 봐야 할까나!

# 철학자의 곁눈질

밤하늘의 별은 곁눈질로 볼 때 더 반짝이는 것은
왜 그럴까
게슴츠레 눈을 가늘게 할 때
세상이 더욱 아름답게 보인다는 말이 사실일까

밝은 대낮 하늘에 뜬 별은
정면으로 바라보면 잘 안 보이지만
곁눈질해 보면 조금 반짝반짝 작은 별이란 실체
철학자는 안다나

사물의 본질을 정확히 살펴야 한다면서
사팔뜨기 시선이 나오는데
현실에 처해서라면 그냥 보이는 대로 보는 것이야말로
진리라고 한다.

# 해녀의 노래

작사가는 좀녀
작곡가는 잠녀
노래는 해녀가 불렀던 물질하는 소리라고 했던가
구슬픈 가락

분명한 가사가 있지만
바람 소리와 파도 소리에 밀려 저 멀리 가물가물
백사장에 기록된 글자도
안 보인 지 오래

슬퍼도 즐겁게 부르자
해녀의 일생이란 바로 그렇게 살아가야 한다는 말
바다가 있어서 같이 산다네
이어도 사나!

# 회의 하나 마나

모여서 논의하면
해법이 나온다고 했거늘

비상대책회의 관계장관회의 왜 하나

쥐뿔도 모를 바에는
차라리 복덕방 노인에게 물어봐라

자리가 참으로 아까워라
세금 낸 국민만 영원한 봉이로구나!

# 제11장

# 이야기 돌

# 갯바위 정자

바람이야 거세겠지
파도 소리 시끄러울까
냇물 옆 호숫가엔 운치가 있겠지만
갯바위 정자에선
긴 시간 불허라니
앉은 듯 일어서서 갈 길을 가라 하네

갈매기가 쉬어간 후
안개 무리 자고 있는가
절벽 위 강가에선 시인이 놀겠지만
갯바위 정자에선
멈춤을 불허하니
관광객 앉았다가 허전함에 일어서네.

# 계곡의 선녀탕

한라산 심심산골 계곡의 맑은 물
바위 위에 개어 놓은 선녀의 날개옷이 펄럭이니
노루의 코가 벌렁벌렁
나무꾼에게 달려가 눈을 껌벅껌벅

그랬다는데
계곡엔 목욕탕도 남아 있고 노루도 여전하건만
보이지 않는 선녀
실망한 나무꾼도 폐업하고 도시로 갔는가

텅 빈 선녀탕
계곡의 물이 더러워졌기에 선녀가 내려오지 않을까
나무 뒤에 숨어서 엿보려는 등산객에게
노루가 침을 뱉고 지나가는 곳

# 계절 알려 주는 담쟁이

그래
가을이 왔는가
무심한 돌도 차가운 공기를 피부로 느낄 수 있다만
모를까 봐 옷을 바꿔주는구나

지나긴 여름은 너무 뜨거워서
진한 그늘 제공이 무척이나 고마웠다고 인사해야 했었는데
그냥 지나쳤다고
옷을 벗기기 시작하는 모양

오히려 고맙기만 하지
답답함을 벗어내고 고운 무늬 치장도 할 수 있게 해주고
딱딱한 이미지를 감성적으로 개선해 주는
패션을 가르쳐 주는 듯.

# 고향이 생각나면

추석엔 고향에 갔다는데
고향에 갈 수 없으면 보름달 바라보며 울기만 했다는데
그런 고향이 어드메뇨

산 넘고 물 건너 아득한 곳
마냥 그리워해야만 하는 그런 고향이 있기만 하다면
당장 달려갈 수도 있으련만

태어난 곳은 병원 산부인과나 조산원
자란 곳은 빌딩 속
제발 고향이라는 말을 꺼내지도 말라고 한다.

# 굽신의 시기

여기저기서 굽신굽신
또 선거철이 왔구나
사람들이 평소에도 저렇게 겸손하고도 착했으면 얼마나 좋을까

웃는 표정과 공손한 태도였던 정치인들이
왜 거짓말 경쟁을 벌이는지
표 달라는 사기에 우리는 늘 속아 넘어가야만 한단 말인가

나라와 지역을 위해 일할 사람 뽑기 위해 꼭 필요한 선거인데
투표 안 할 수도 없고
그냥 계속 반복적으로 당해야 하는 국민이란!

## 그리운 얼굴

수채화도 아닌데
기억 속에 얼굴 반쯤 남아 있는 그 사람
더 이상 지워질까 두려워
고개를 함부로 흔들지도 못한다네
왜 눈물방울이 생길까

세월은 지우개라 하였기에
인생은 백사장에 그려진 사연인 줄만 알았는데
그렇게 저렇게 살아온 백 년
보름달이 뜨면
왜 또 눈동자가 아른거릴까!

# 돌 돗자리

돗자리를 깔아라
기왕 자리 펴고 한평생 누리기 위해서라면
헤지지 않는 돗자리가 좋다

그런데 돗자리를 어디에 깔 것인가
보통은 나무 밑에 깔지만
요즘엔 정치인들이 많은 여의도 길가가 좋다고 하더라

그 돗자리는 개인용일까나
당연하지
더럽고 냄새나고 병균 많아 다른 사람은 싫을 것

돗자리 중에 특별한 것은 돌 돗자리
오래 쓸 수 있지만 세상에 영원한 것은 없다고 하니
세월이 말해 주겠지!

# 돌길 걷기

무슨 생각
누가 가라고 하면 안 갈 길로 보이는데
발목이 부러져도 가는 길
그대에게 가는 길이란
시련과 동시에 축복이라고 하니
가다가 멈추지나 말길

매끄러워
눈물이 떨어지면 돌길은 미끄럽다고 하니
절대로 울지 말고 가야 하는 길
그리움 사무치면
원망조차 사치가 된다고 하였던가
용기가 죽지나 말길!

# 돌멩이의 가치

큰 바위가 부서지면
돌덩이와 자갈을 거쳐 모래로 되어 버리는 과정에서
인간에 의해 값이 거론

같은 돌이라도
어떤 것들은 비싼 보석이니 귀한 수석이니 하면서
특별한 대상이 되기도 한다는데

그렇지만 세상에 널브러진 거의 모든 돌이란 돌은
말 그대로 짱돌이나 돌멩이가 되어
굴러다니다가 어느 순간 사라져야 하는 세상

그런 돌들이지만
돌이와 멩이가 되어 여럿 뭉쳐 힘을 발휘하게 되면
아주 중요한 역할을 하기도 한다.

# 돌아가는 여인

그만 돌아가자
더 이상 기다려봤자 오지 않을 사람이고
배도 고파 온다

망망대해만 한없이 바라보고 있으면
떨어지는 것은 눈물
흩어지는 한숨 소리에 갈매기가 웃는 것 같다

산 사람은 살아가야 하기에
이젠 집으로 돌아가서 청소부터 해야 하는데
자꾸 뒤돌아보고 싶은 맘은 어찌하랴!

# 돌의 자리

돌이 있고 싶은 곳에 놓여 있을까마는
살아가고 있는 자리에 따라
한평생 천당과 지옥만큼의 차이가 있을 것 같다

돌이야 바위에서 떨어져 나온 조각이기에
바위로 있을 때는 모르지만
독립을 하게 되면 여기저기로 흩어져서 사는 차이가 난다

산에서 사는 돌들은 구르기만 할까
바다에서 사는 돌들은 물속에서 수영을 해야 할까
습지의 척박한 환경은 어찌 견딜까

돌은 영원한 침묵
있는 자리가 좋든 나쁘든 불평불만 절대로 하지 않고
흐르는 세월에 순응한다.

# 돌의 절규

들리는가
왜 절박하게 외쳐대는지 궁금하지 않는가
귀를 막아대는 사회

우는 이유 한 번쯤 물어보아야 하는데
삶의 한계점
공허한 메아리는 허공 속에서 영원히 방황하고

위기의식과 불안감의 표출이라며
자의적 해석
원혼 없는 돌의 울음소리는 그림일 뿐이라!

# 바람 소리

소한과 대한 사이의 바람 소리는
지난 여름날
매미의 못다 한 사랑 노래

문풍지 흔들며 찾아온 바람 소리는
정월 대보름
달님의 고독한 하소연

바람은 입이 없어 노래도 못 하고
바람은 손이 없어 연주도 못 하고
그래도 나오는 소리

들을 수 있을까
들어 주는 사람 있을까
같은 음은 절대 안 나오는 그 소리.

# 바위 눈물 고드름

무슨 사연이 있을까나
바위도 무슨 일을 당하면 슬플 수도 있고
가끔은 옛날을 회상할 수도 있고
그래서 눈물을 흘리게 되겠지

바위는 덩치가 있으니 울 때는 눈물이 펑펑
그렇지만 겨울에 눈물을 흘리면
눈물은 고드름 되어
남들이 알게 되니 창피스럽기도 할 것 같아

그래도 어쩌랴
바위 위에서 물이 떨어지면 고드름 주렴도 생기는데
모르는 척 지나가면 될 일
고드름 녹여 줄 햇살만 기다려 보노라!

# 바위 틈의 빛

어디에 희망의 빛이 있을까
어디로 가야만 나를 인도할 그 나침반의 빛을 만날 수 있을까
기대가 상승 수치를 보이는 순간

칠흑의 세상에선 반딧불도 밝았고
길 잃은 나그네는 희미한 등잔의 불빛이 미래가 되었으며
만선의 고깃배는 등대가 있어야만 했다

어둠의 역경엔 반드시 어떤 빛이 있어야만 하는데
그 빛은 항상 우리 주변에 있다고 한다
다만 못 볼 뿐!

# 봄을 읽는 바위

바위는 어떻게 계절을 알까
여름의 땡볕과 겨울철의 칼바람 추위
가을엔 지나가는 낙엽으로 세월을 느낀다고 하면서도
봄은 조금 둔하다나

아니
갈아입는 옷의 색깔이나 종류가 다르다고 하여도
바람이 봄꽃 이파리를 가져다주지 않아도
주변의 식물들이 수다 떠는 소리 듣지 않아도
그냥 안다네

오래 살다 보면 저절로 감이 온다
감각이 없는 바위가 제일 먼저 봄을 느끼게 되어
흙과 물과 식물에 알려 주는 듯
어떻게 배운 재주냐고
잘난체하면 그건 바위가 아니겠지!

# 산수화의 모델

도시의 고층빌딩과 얽히고설킨 도로
넘쳐나는 사람과 차량
소음과 매연
복잡한 현대의 생활 환경을 벗어나고 싶은 마음

아련하게 넘실넘실 펼쳐진 산 넘어 산
나무와 풀로 구성된 푸르른 자연
맑고 깨끗한 물
늘 동경의 대상이 되는 낙원을 찾아가고 싶은 심정

그래서 우리나라 산천의 실재하는 경관을 소재로
그림을 그렸다고 하던가
이름하여 실경산수
섬에서는 가 볼 수 없었기에 바위가 모델을 만들어 놓았다.

# 신당 역할의 갯바위

어느 神이 어느 神인 줄 잘 모른답니다.
어느 神이 더 뛰어나고 못 하고도 모른답니다
모든 神 생각할 수 있는 모든 神에게 의지해 살아야 한답니다

높고 높은 하늘신(天神)이야 당연하고
넓디넓은 바다신(海神)도 우리 삶의 중심이거니와
깊고 깊은 龍王神의 보호가 절실하답니다

웃었다 성냈다 변덕 심한 파도神에게 복종할 줄도 알고
우리의 생명을 담은 배신(船神)에겐 은혜를 입고 있으며
만선의 즐거움을 주는 물고기신(魚神)에게도 감사 기도드린답니다

모든 신(萬神)에게 그 역할에 따라 언제나 빌고 빌어 봅니다
그래서 神도 제자리 지키고 있어야 하나 봅니다
바로 종달리 생개납 돈짓당에서!

# 야외 수업

추억과 낭만이 있었던 것 같기도 하고
하늘이 열리니 마음도 열리고
힘들 땐 책상 위에 책을 놓고 밖으로 나가 보니
선생님과 친구들이 더 가까워라

공식대로 풀 순 없는 세상
기계처럼 단어 외울 때가 많았지만
현장에서 느끼는 학습이란 졸업 후의 대비도 되고
진정한 공부가 되기도 한 듯

좋아라
야외 수업이란 이름만 들어도 기분이 째졌는데
이젠 그런 말이 사라졌다고 하니
황사와 미세먼지가 미워라!

# 약해진 허리

이 세상에서 가장 무거운 것이 공기일까
허리가 휘청휘청
공기를 떠받치고 있는 바위의 힘 부족이 안타까운 곳
금방이라도 쓰러질까 두려워
개미도 멀리 돌아서 지나가는구나

공기가 아무리 무겁다고 해도 간신히 버텨내련만
구름까지 합세해 눌러대니 다리도 후들후들
수억 년의 세월이 인내심을 길러 주었어도
한계점이 보이는 상황

바람아, 미운 바람아
힘들게 서 있는 줄 알면서도 간지럼 태우다가
무슨 무슨 작품 남긴다면서
피부를 깎아 대고 빗물도 더 닳게 해주다니 기가 막혀!

# 의전서열

왕조시대엔 궁전 뜰에 정1품부터 종9품까지 품계석이 있었지만
대한민국은 공식적으로 의전서열이 명문화되어 있지 않은데
실제는 있다고 한다

없으면서도 있는 것
지방 행사에서 자리 배치에 불만을 품은 기관장이 그냥 돌아갔다고
죽는 순서도 의전서열에 따를까

세계 각국의 대표들이 모인 곳의 의전서열은 어찌 될까
누가 정할까
모든 종교를 창시한 교주들은 하늘에서 어떤 서열을 유지할까

발 닦고 잠이나 자라네!

# 입 벌린 돌

돌이 커다란 입을 벌리고 있다고 한다면
이유가 무엇일까

일 년 삼백육십오일 누군가를 애타게 부르고 있다면
공허한 메아리
무슨 서러운 일이 그리도 많아 목 놓아 울어 보아야
들어 주는 이 있을까

억울한 사연이 있노라고 하늘 향해 호소한다 해도
비만 내려 줄 뿐
아니다 아니다 노래 경연 대회 나가기 위한 발성 연습
그러면 좋은데

행여 배고픈 모습이라고 오해하여
벌린 입에 음식 넣어주면 절대로 안 된다고 하더라!

# 작은 무지개

왜 작은 무지개가 생겨날까
하늘도 없고
선녀도 없고
그러하니 어찌 일곱 색깔 다 있으랴

누구의 마음
누구의 인연
시작도 끝도 없는 다리가 놓이니
그냥 꿈일런가

바위틈에 살짝
숨소리 슬퍼
한숨조차 조용히 우네
한정된 공간의 초라한 색채여!

# 정말 웃기네

웃다가 뒤집어져 버렸도다
포복절도라고 했던가

이 당이 국민 모두에게 은덩이 준다고 하니
저 당도 국민 모두에게 금덩이 준다고 하고
언제부터 그들이 금은 광산을 갖고 있었단 말인가

국민에게서 빼앗은 돈
국민에게 도로 줄 테니
눈물 흘리며 고마워하라고

이런 개 같은 경우를
뭐라 해야 하나
그냥 웃고 말자니 오장육부가 뒤틀린다.

# 콧방귀 조심

인물을 이야기할 땐 이목구비라 했는데
얼굴의 어느 부위가 더 중요치 아니하랴만
그래도 중앙의 코가 최고
코는 인생과 관상의 상징이 되고 있다

살면서 자존심 상하듯 코뼈는 쉽게 부러지고
감기 들면 콧물 질질
향기와 악취도 분간 못 하는 돼지코도 되기에
언제나 코 조심

요즘엔 성형외과 갔다 오면 누구나 예쁜 코
들창코도 매부리코도 이젠 사라졌지만
마음속의 콧대는 살아 있어
운명의 수레바퀴는 어쩔 수가 없다고 하니
콧방귀도 주의하란다.

# 큰 바위의 크기

돌쇠야
장차 커서 나라와 사회를 위한 큰 바위가 되거라
얼마만큼 커야 할까
꿈같은 이야기

가위바위보에서 주먹을 바위라 했으니
주먹 이상 크기이면 바위
큰바위얼굴은 그냥 상징이라 하였기에
답 없는 이야기

크기는 비교일 뿐
모래보다 크면 자갈이고 자갈보다 크면 돌
돌보다 크면 바위라 하니
지구 덩어리가 곧 큰 바위가 될까나!

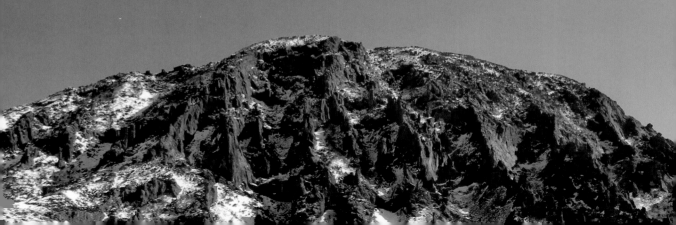

# 허공 속 메아리

외쳐라
들어주는 이 없을지라도
뭉친 핏줄을 돌게 하기 위해서 필요한 떨림
넓은 허공에 대고 맘껏 소리쳐라

울어라
하늘과 바다가 알아주니
답답했던 그 심정을 풀어내기 위한 방식
온종일 슬픔을 보여도 좋다

토하라
그동안 얼마나 참았던가
가슴속에 맺힌 응어리를 모두 뱉는 기회
온몸이 시원함으로 바뀔 것이다.

# 협상과 타협

부딪치면 서로 상처 입고 피 흘린다네
잘 알면서도
쉽지 않은 것이 바로 저울의 눈금

물러설 줄 아는 것이
최선이라는 것을 누구나 서로 잘 알면서도
자존심과 이기심이 문제

어려워라
인간이 생존해 있는 한 끊임없는 싸움은 계속될 것
그래도 노력해야 하겠지!

# 제12장
# 기 타

# 갯모래 추상화

그림 같지도 않은 그림 보면서
도대체 뭘 그린 것이냐고
물어보면 무식한 놈 될까 봐 무조건 멋져
세상 요리해 먹기 쉬워라

바닷가 모래밭엔
파도가 장난질한 흔적이 곳곳에 무성한데
어느 돌팔이 화가가
그대로 흉내 낸 그림을 그려 대박이라

추상화란 보는 사람 마음대로
생각 없이 편하게 느끼라고 하는 배려라고
그래서 정책의 밑그림은 그런 것이라고
정말 웃겨!

# 겨울 바다의 돌탁자

색다른 낭만일까
누군가와의 만남은 기대하기 곤란할 것 같고
멍 때리기를 위한 자리
탁자 위엔 무엇이 남아 있을까 궁금하다네

바람이 앉았다 간 돌의자 위는
더욱 차가워지고
근처엔 사람 그림자조차 안 보이는 장소이기에
예산 집행이 아주 좋아라

눈이라도 내려서 바닥을 덮어 주면 좋으련만
그러면 인어가 사용한 줄 알 터인데
쓸쓸한 바닷가엔
정적만이 가득 차 있는 것 같도다.

# 대야 바위

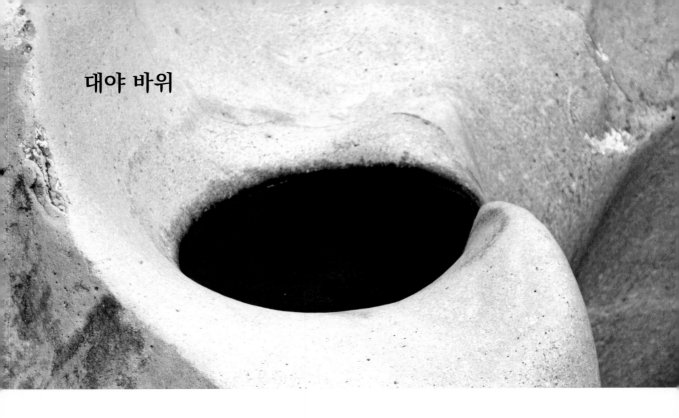

산행하면서 땀을 흘리던 중
마침 맑은 물이 담긴 바위의 대야를 만나게 되어
세수하려다가 잠시 멈칫

이 물은
노루가 애지중지하는 식수는 아닐런가
아니면 토끼의 목욕탕
선녀의 소꿉놀이 부엌일지도 몰라

그래도 두 손으로 물을 뜨려다가 수면에 나타난 얼굴
어쩌면 저렇게도 형편없이 생겼더란 말인가
저게 정말 나일까

갑자기 눈물이 고이네
멋쟁이로 우아하게 늙고 싶었던 것은 영원한 꿈
물에 비친 모습을 바라보며 반성하게 된다.

# 대청소하는 날

일주일에 한 번
아니면 한 달에 한 번
대개 날짜를 정해 정기적으로 실시해야 했다

대청소 땐 대걸레를 비롯해 모든 장비가 동원되어야 하고
복도와 계단의 물청소까지 시행되어야만
깨끗함을 느끼게 된다

우리 마음도 그럴까
몸이야 매일 샤워를 하고 가끔 목욕탕도 가긴 하지만
마음을 대청소하는 날은 없는 것 같다

이제부터라도 자주 마음을 대청소해야 하는데
심장과 머릿속을 먼저 씻은 후 온 정신을 닦아 내기하기
마음 대청소 날은 언제로 정할까!

# 돌로 된 문

누가 살고 있을까
돌을 쌓아 문을 만들어 놓았으니 분명 용도가 있을 것
조용히 다가가서 살펴보고도 싶건만
귀신이 나올지도 몰라

예전엔 거지들이 저런 곳에 많이 살았지만
이젠 도시의 거리에만 노숙자가 있을 뿐
시골의 황량한 곳엔 거지가 사라진 지 오래되었다기에
더욱 궁금하여라

갑자기 나타난 고양이
아하 저 바위 굴 속엔 쥐들이 많이 모여 살기에
들고양이의 식당인 모양
가끔은 망상의 세계 속에서 헤매는 것도 치매 증상일까나!

# 동굴의 용도

공짜로 가질 수 있는 튼튼한 집이 우선이었는데
오래 살기엔 불편했을까
어둡고 습기 차고 드나들기 힘들었겠지

그냥 물건이나 잘 보관하고
여름엔 시원하게 겨울엔 따뜻하게 잠시만 이용하는
별장으로 좋을까

어느 곳은 살 때보다 죽었을 때가 좋다고
흔적 남긴 무덤도 되고
기도도 올리는 신령스러운 장소가 되었을 것

그랬거나 저랬거나
지금은 학문 연구니 동굴 탐사니 중시하는 척
무엇보다도 돈벌이가 최고라 한다.

# 뒤돌아다 보니

매일 매일 바다만 하염없이 바라보다가
어느 날 뒤 돌아보았더니만
산이 있었네

높은 산이 우뚝 서 있고
나무도 보이고
노루와 새들 움직이는 모습도 아른아른
가까이엔 집과 밭도 있었고
인간도 사는 모양

왜 이렇게 모르고 살았던가
세상엔 알 수 없는 망망대해와 성난 파도
어쩌다 지나가는 배
그런 것만 있는 줄 알았는데
바보였구나!

# 모가지가 길어서

여인은 목이 길면 미인이라 하는데
슬플 수도 있는 모양
눈빛이 맑고 초롱초롱하면서도
무엇인가 하소연하는 듯한 느낌을 주는 듯

목이 길면 여리여리한 나약함을 풍기게 되어
연민의 정을 느끼게 할까나
부드러운 고운 선이 고상하면서도
기댈 데 없는 외로움을 은근히 암시하는 모습

그래서 목이 긴 여인은
향기로운 관을 만들기 위해 머리 모양을 중시했는데
그게 어디 그리 쉬울까
이젠 길게 늘어뜨리고 그냥 유행 따라간다.

# 바위 동굴

숲속의 바위 동굴에 과연 주인이 있을까
곰이 살았고
큰 뱀도 겨울잠을 자고
꼬마 요정들이 비 오는 날 모여서 소꿉놀이하던 곳

어느 날 갑자기 인간이 불을 가지고 와서
동굴 속을 환하게 밝혀 놓고
곰도 뱀도 다 쫓아내고
추위와 습기도 극복하면서 주인 행세 실컷 했는데
한참을 살더니만
그놈의 실증 근성이 발동하여 보따리 싸서 나간 후
텅 비어 버린 공간
모든 동물도 식물도 인간의 변심 무서워 접근 금지라

동굴의 한숨 소리가 들리는 듯!

# 바위섬의 정자

찾는 사람 하나 없는 바위섬에서
우두커니 서 있어 본 적 있나요

바닥에선 파도 떼가 성깔을 부리고
하늘엔 천둥소리 시끄럽게 하더니
허공을 휘감아대는 바람의 심술과
수직으로 내리꽂는 빗줄기 무서워라

그래도 억척스럽게 버티고 서있어야
어부와 해녀를 지켜준다고 하겠지요
이곳에 찾아와서 위로해 주세요

사람이 그리운 바위섬의 정자랍니다.

다려도: 제주도 조천읍 북촌리 북쪽 400m 정도 떨어진 곳에 있는 무인도로 여러 개의 바위섬으로 구성에 있고 면적이 약 2만 4,700m²이다. 거센 파도와 해풍에 의해 바위가 갈라지는 절리 현상을 곳곳에서 볼 수 있으며, 작은 바위섬과 여 사이는 소규모의 모래벌판으로 썰물 때 연결되게 되며 조금 높은 곳에 정자와 등대가 설치되어 있다.

# 번뇌와의 동거

더 잘 살고 싶은 아무런 욕심도 없고
누가 때리면 맞아주고
몸을 낮춰 바닥에서 기어 다니는 사람 있다면
그가 선각자일까 바보일까

눈은 형체와 색깔을 구별해 어지럽게 만들고
귀란 소리로 마음을 유혹
코도 향기와 악취를 구분시켜 갈등을 유발하며
입과 혀야말로 화를 불러들이는 문이요 몸을 망치는 도끼
몸은 늘 편안함을 추구하기만 하니
뇌가 어찌 평온하리

온몸에 번뇌가 들어 있지만
그렇다고 그 무엇 하나라도 버릴 수는 없기에
더불어 같이 살아야 할까나.

# 병풍 바위

멋과 운치가 있었다
선비의 방안에선 가벼워도 무게감을 느끼게 하고
예술의 흥취를 불러일으키던 병풍

병풍의 본래 용도야 윗바람을 막고
보기 불편한 사물을 가려 주는 가림막으로 활용했다지만
점차 그림과 서예의 전시 기회로 작용

그래서 그럴까
조물주도 여기저기에 바위로 병풍을 만들어 놓고
작품을 자랑하는 듯

그런데 좀 어설프긴 하다
단단하고 다루기 힘든 바위로 표현하기가 쉽지 않겠지!

# 복식 호흡

흔들린다
아직도 잡념이 많은 탓
속세의 인연을 끊기가 어찌 쉽겠느냐마는
마음 공부 시작했으면 마귀부터 쫓아낼지어다


흔들린다
졸고 있는 것은 아니겠지
가부좌 굳게 틀고 허리 곧게 세운 후
복식호흡법 따라 금강 단련 매진할지어다


흔들린다
바람에 의한 자연 현상
흔들리는 모습은 외형에 불과할 뿐
내면은 절대 흔들리지 않는 참선 자세로구나!

# 새똥 바위

화가가 종이에 그림을 그리듯
새도 바위 위에다가 명작을 남긴다
화가는 혼자서 노력하지만
새들은 협동 정신으로 바위를 장식하게 된다

종이에 그려진 그림은 쉽게 손상되지만
바위 그림은 비바람에 강하고 긴 세월 보완된다
사람의 그림도 돈이 되기는 하나
새똥 작품은 상상할 수 없는 가치를 지니기도 한다

바위섬에 쌓여 있는 새똥은 훌륭한 비료도 된다는데
그래서 새똥이 좋을까
자동차 위에 새똥 한 방 맞으면 열 받겠지!

# 설문대할망 죽솥

달빛에 물들어야 설화가 된다 하니
입에서 입을 통해 구르고 또 굴렀다
시간과 공간 사이의 초월적인 이야기

지구에 살았었던 가장 큰 어머니는
오백장군 키워 낸 탐라의 설문대할망
치마에 흙 담아 날라 한라산을 만들었네

어느 날 흉년 드니 배곯은 오백장군
잘 먹은 죽 한 끼는 어머니 몸이더라
그들은 바위가 되고 가마솥은 사라졌다.

제주돌문화공원에서는 탐라의 설화를 테마로 삼아 각양각색의 많은 돌을 오백장군으로 표현해 전시
하고 있으며 오백장군 갤러리를 운영하고 있는가 하면 대규모의 설문대할망 전시관을 공사 중에 있
는데 공원 내에 설문대할망을 끓인 가마솥 모형도 만들어 놓고 있다. (사진은 돌담으로 죽솥을 표현
한 것이고, 뒷편 큰 돌들은 오백장군을 형상화– 전설상 어머니 몸을 죽으로 먹은 오백장군은 499명
이 영실의 바위가 되고 막내 1명은 차귀도가 되었다고 함)

# 세상의 돌들

아무리 힘들어도 돌아버리지 말라
한 번 돌면 고치기 어려운 법
단단한 돌이 되자

돌고 돌리는 돌덩어리 세상

돌도 돌아보면 다시 보이는 현실
그 돌이 그 돌 아니었네
여기저기 돌아다니는 돌아버린 돌투성이

어지러운 돌들의 나라

# 용암이 만든 한반도

신비의 땅
자연의 섭리 중에서도 가장 심오한 가치가 들어 있는 지형
삼면이 바다이고 한쪽은 대륙과 연결된
삼천리 금수강산 한반도

수 억 년 전
한반도 가장 남쪽에 있는 섬에
용암이 그 모형을 만들어 놓았다니 뜻하는 의미가 무엇일까
평화와 통일의 상징성

어찌 알 수 있으랴
아주 오래전부터 땅속에 깊이 숨겨져 있던 바위의 존재가
어느 날 갑자기 밖으로 나타나니
해석이 분분하다.

# 심청이의 인당수

아버지 심 봉사의 눈을 뜨게 하도록
공양미 300석을 받고 심청이가 뛰어내린 인당수가
정말 바다였을까
백령도 앞바다에선 연꽃도 피어날까

인당해가 아닌 인당수는 정화수와 같은 의미로 보기도 한다는데
대접에 담긴 정화수에 빠져 죽을 수도 있을런가
전설에 토를 달지 말라고 한다

연꽃 속에서 다시 태어나 효도를 추가하게 된 심청이
심 봉사의 기쁨이야 지대했기에
파도는 말이 없다.

# 인어의 목욕탕

정말 바다에 사는 인어가 목욕을 할까
갯바위에 비늘 옷 벗어 놓고
그 누가 볼세라
살금살금

설마일까
인어가 목욕하는 장면
소설도 되고 영화도 될 수 있음에
서귀포 어느 바닷가에서 불을 켜고 찾는다.

# 일본군 진지 동굴

별로 말이 없다
제주도 온몸 구석구석에
셀 수조차 없는 아픈 구멍을 뚫어 놓았는데도
그 앞에서 기념사진만 찍는다

자연을 조금만 훼손해도
눈에 불을 켜고 달려들던 사람들 다 어디 가고
천혜의 환경 파괴나 원상 회복에 대한
아무런 말이 없다

일제 청산을 그렇게도 부르짖더니만
더는 말하지 말라며
나무 판자나 시멘트 마스크로 입구를 막고
위험 표지판만 세워 놓았다네!

# 저마다

누구나 저마다
한 편의 시가 있고 소설도 쓰고 있다

아이이건 어른이건
저마다 피우는 꽃은 다르다

바위도 나무도
각각 살아가는 방식과 지혜가 있다

저마다 다른 존재 이유 있기에
짐 진 채 시간이란 길을 가고 있는 듯하다.

# 정원석의 가격

정가는 없다
부르는 게 금
사는 사람 얼굴 보고 가격을 매기고
거래되는 분위기에 따라 다르고
짱돌이라도 그렇다

바위는 말이 없다
유명작가의 조각작품이 엄청난 값에 거래되는데
위대한 자연의 작품을 우습게 보아도
그냥 침묵
장부 가격이 이상해도 모른 척한다.

# 참선 자세

세상을 지배하는 시간이 멈추니
과거도 현재도
번개의 찰나에 불과하고
지금 여기엔 존재조차 있는 듯 없는 듯
모든 것은 실체이면서도 허상

흔들리는구나
흔들리지 않는 것 같은데도 흔들리는 듯
몸은 돌이 되어도 마음은 갈대
아직도 잡념이 많은 탓
생각하지 않는다는 생각마저 없어야 한다는데
헐!

# 큰 바윗덩어리

돌덩어리는 몸속에 있다고 한다
마음속에도 있겠지

돌보다 더 큰 것을 바위라 했으니
바윗덩어리도 몸속에 있을까
얼마나 클까
과연 그 덩어리의 무게는 얼마나 나갈까

우리 몸속에 모래 한 알만 있어도 괴롭다고 했는데
만일 큰 바위가 들어 있다면
몸서리쳐진다

바윗덩어리는 절대로 사리가 될 수 없다
그래서 몸에 지니면 안 될 일!

# 파도의 힘

누가 감히 맞서랴

비단결같이 부드럽고 잔잔한 수면이었는데
배를 뒤집고 바위를 부숴버리는 태풍을 부르듯 선동하니
민심은 무섭게 몰려온다

괜히 질풍노도라고 했을까
성난 민심 앞에선 대항하는 존재가 있을 수 없는 법
미리미리 대비해야만 했었지

가끔은 바닷가 나가서 바위를 바라보며 생각해야 하건만
인간은 늘 말로만 자연에게 배운다.

# 해석 어려운 바위 문자

누군들 알아줄까 우주가 전한 뜻을
카메오 돌을새김 음각은 상감기법
어렵다 하지 말라 궁하면 통하나니
실마리 잡게 되면 깨치는 바위 문자

지구의 생성 과정 바위가 전하나니
양각도 그려놓고 음각도 새겨놓고
그래도 모르는가 답답한 인간들아
해석이 두려워서 눈조차 감는구나

# 험한 돌길

아무리 힘들어도 그대에게 가렵니다
그대가 부여하는 시련이란 축복이려니
발목이 부러져도 길을 걷고 또 걷고
이제 보일 것 같아요
반가운 그대 모습이

눈물이 떨어져서 돌길이 미끄럽네요
그리움 사무치면 원망조차 사치가 되어
용기가 솟아나서 길을 걷고 또 걷고
비로소 보이나 보네요
정겨운 그대 모습이!

# 흑사장의 평가

날씨가 더워지면
다리를 저는 사람들이 검은 모래 해수욕장을 찾을까나
별로 그럴 일이 없다고 하지만
관절염 치료의 소문은 바람 타고 흐르게 된다

여름철 제주도 최고 인기는 하얀 모래 해수욕장
검은 돌 현무암이 부서지면 흰색으로 변하는 것 아니겠지만
이상스레 누런 모래밭 다음으로 백사장이 많으니
당연한 흑사장은 오히려 별종 신세

평소엔 무시당하다가
그래도 여름만 되면 검은 모래 찜질의 인기가 피어올라
찾는 사람들 많으니
검은 모래밭에 계절 병원 차려야 할 것 같다.

# 헛된 고민

지나친 근심
저 달이 우리 동네로 떨어지면 어디로 피해야 하나
옛날 사람들은 배고파서 어떻게 살았을까
비 오는 날 관광객은 어디로
늙지 않는 방법이란

깨달음의 길은 깊은 고뇌와 번민에서 시작된다고 했다지만
쓸데없는 걱정이 웃음을 훔치게 하는구나
웃기네
정말 웃겨

세상엔 모든 것이 고민거리다.

# 해병대길

누구나 해병이 될 수 있다면
나는 결코 해병을 선택하지 않았으리
해병대의 긍지가 대단하다


귀신 잡는 해병
한 번 해병이면 영원한 해병
하늘로 솟구치는 명예로운 종신 호칭이 되었다


해병의 애국심과 봉사활동
험난한 자갈밭을 부드럽게 길로 닦아 놓은 바닷가 어디
해병대 길이 있었다고 하더라!

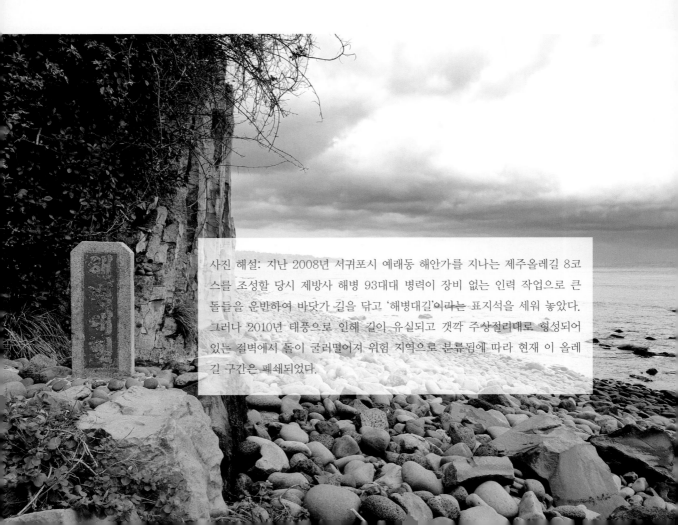

사진 해설: 지난 2008년 서귀포시 예래동 해안가를 지나는 제주올레길 8코스를 조성할 당시 제방사 해병 93대대 병력이 장비 없는 인력 작업으로 큰 돌들을 운반하여 바닷가 길을 닦고 '해병대길'이라는 표지석을 세워 놓았다. 그러나 2010년 태풍으로 인해 길이 유실되고 갯깍 주상절리대로 형성되어 있는 절벽에서 돌이 굴러떨어져 위험 지역으로 분류됨에 따라 현재 이 올레길 구간은 폐쇄되었다.

# 지킴이 돌

그냥 있기만 하면 되는가
세월과 부동자세
상징성
어느 곳을 지키냐에 따라 역할이 다르련만

귀신이 가장 무서워하는 돌
도둑도 무섭다고 하니
나라의 곳간 앞엔
돌로 지킴이를 만들어 많이 세워 놓아야 할 것 같다

첨단 장비가 최고의 성능이라 하지만
가장 단순한 지킴이 돌과 비교
사람 마음을
무심의 돌이 알아줄까나!

# 어두운 시대의 빛

무엇일까
보이는 듯하면서도 앞이 깜깜한 내일
가야 할 곳 비춰주는 빛이
있기는 할 터인데

보이는 데 볼 수 없는
영원 속의 빛
눈으로 보지 말고 마음으로 보라고 하였지만
그게 그리 쉬울까

못 보고 있다
빛을 너무 정면에서 바라보면 순간적인 장님
정말 그럴지도 모르니
가끔 실눈을 떠보면 알게 될까나.

# ㄱ

□ _____

# ㅂ

## ㅅ

# ㅎ

# 시와 사진의 작가

**유유**

(본명: 劉載鎭)

2008 시집 『선시 습작노트』 출간
2011 에세이 시집 『바람의 개똥철학』 출간
2013 야생화 시사집 『꽃 이름 물어보았네』 출간
2014 희곡 「잊을 수 없는 시간」 발표 및 연극 공연
2017 시조집 『걷다가 쉬다가』(제주도의 길과 정자) 출간
2017 한국문학신문 문학대상 수상
2018 한국국보문인협회 작품대상 수상
2019 야생화 시사집 『꽃 노래』 출간
2020 예술가곡 「꿈속의 한라산」 작시 발표(국현 작곡, 바리톤 송기창)
2021 예술가곡 「편지지」 작시 발표(조용진 작곡, 바리톤 양진원)
2021 황순원 기념문학회 디카시 공모상 수상
2022 코로나 시대의 디카시집 『역경』 출간
2022 노랫말 시집 『자연의 합창』 출간
2022 예술가곡 「그 나무」 작시 발표(전경숙 작곡, 남양주시립합창단)
2023 제1회 디카단시조문학상 2월 장원(강원시조시인협회)
2023 디카시조집 『제주도 돌에게 배운다』 출간
2024 디카시집 『보고 느낀 이야기』 출간
2024 예술가곡 「꽃길을 걸어요」 작시 발표(최영화 작곡, 테너 전병호)
2024 예술가곡 「또 바람이 부네」 작시 발표(심진섭 작곡, 소프라노 송정아)
2025 사진 시집 『돌의 노래』 발행

현 (사)한국문인협회 회원
(사)한국사진작가협회 회원
(사)작악회 회원
(사)국제PEN한국본부 이사

# 돌의 노래

**펴 낸 날**    2025년 2월 25일

**지 은 이**    유재진(유유)
**펴 낸 이**    이기성
**기획편집**    이지희, 서해주, 김정훈
**표지디자인**  이지희
**책임마케팅**  강보현, 김성욱
**펴 낸 곳**    도서출판 생각나눔
**출판등록**    제 2018-000288호
**주    소**    경기 고양시 덕양구 청초로 66, 덕은리버워크 B동 1708호, 1709호
**전    화**    02-325-5100
**팩    스**    02-325-5101
**홈페이지**    www.생각나눔.kr
**이 메 일**    bookmain@think-book.com

• **책값**    30,000원
  ISBN  979-11-7048-841-5(03810)